... wie Wunsch und Wirklichkeit –
die Reise des Lebens

Ingrid Metz-Neun

... wie *Wunsch* und Wirklichkeit.

Die Reise des Lebens.

Roman

FSC
www.fsc.org
MIX
Papier aus ver-
antwortungsvollen
Quellen
Paper from
responsible sources
FSC® C105338

Ein Roman, zwei Themen. Vom Älterwerden, mit seinen noch schönen aber auch schwierigen Seiten, handelt er und von einer unkonventionellen Frau, für die das Reisen zum Lebensinhalt wurde. Aber – ist das Leben nicht grundsätzlich eine Reise? Deshalb passt es wieder zusammen.

Ingrid Metz-Neun, Jahrgang 1950, Schauspielerin, Sprecherin, Regisseurin, Autorin. Lebt nach vielen Großstadtjahren in einem kleinen Dorf an der Nordsee. Neben meist witzigen Kurzgeschichten und Gedichten schreibt sie Romane über das Leben.

ISBN: 978-3-750418-66-0

Cover, Layout und Satz: Joachim Schüler, Fulda
Herstellung und Verlag: BoD - Books on Demand GmbH, Norderstedt,
www.bod.de

PROLOG

Gib jedem Tag die Chance,
der schönste deines Lebens zu werden.

Mark Twain

VOR WEIHNACHTEN ...

Die letzten Novembertage machten ihrem Namen alle
Ehre. Es war grau und neblig und durch den beißen-
den Wind empfand man die Kälte noch stärker. Die
Sonne ließ sich schon seit Tagen nicht mehr blicken.
Die Geschäfte waren bereits bunt geschmückt für das
bevorstehende Weihnachtsfest, doch damit hatte sie
nicht „viel am Hut".

Es gab keine kleinen Enkelkinder, die erwartungs-
voll dem Nikolaus oder Christkind entgegen fieber-
ten. Zur Dekoration des Hauses reichten ihr ein paar
mehr Kerzen als sonst und ein paar Tannenzweige mit
schlichten Kugeln und Sternen. Sie genoss das Kamin-
feuer, das wohltuende Wärme verströmte.

Liebevoll betrachtete sie ihr Gegenüber. Sie saßen
beim Abendessen: Bechamelkartoffeln mit Rosenkohl

und Scampi. Er liebte Scampi. Würde sie am liebsten jeden Tag essen. Aber sie musste mit Krustentieren aufpassen. Zu leicht bekam sie wegen ihrer hohen Harnsäurewerte davon Gicht.

Der erste Frost hatte dem Rosenkohl gut getan. Er schmeckte köstlich. Stolz und glücklich war sie über ihre Hochbeete. Fast das ganze Jahr über deckten sie ihren Gemüse- und Kräuterbedarf.

Sie hatte eine Flasche Grauburgunder geöffnet. Er saß da wie auf dem Foto als Vierjähriger. Genau dasselbe verschmitzte Grinsen. Im Grunde war er immer ein Kind geblieben. Wie sehr hatte sie sich erschrocken, als ihr eines Tages ein Foto seiner früh verstorbenen Mutter in die Hände gefallen war: Darauf sah diese genau so aus wie sie selbst in jungen Jahren!!!

Schon in der ersten gemeinsamen Nacht, hatte er ihr zugeflüstert: „Mit Dir möchte ich alt werden."
Das konnte man doch wirklich nicht nach dem ersten Beischlaf wissen. Aber irgendetwas musste bei ihr anders als bei seinen anderen Frauen gewesen sein. Auch nach vielen Jahren sagte er es häufig, und sie lachte ihn dann jedes Mal aus und entgegnete: „Hahaha, wir sind alt!!!"

Aber was drang davon noch in seine Welt?? Nach dem

schweren Unfall war sein Gehirn geschädigt. Sie hatte lange gebraucht, um mit dieser „neuen Persönlichkeit" zu recht zu kommen. Sie haderte und haderte. Bis ihr eines Tages ihr Arzt sagte: „Es hätte schlimmer kommen können."

Von da an hatte sich bei ihr ein Schalter umgelegt. Sie lotete aus, was noch möglich war. Zwangsläufig hatte er jetzt alle Ämter, die er nach der Pensionierung noch inne gehabt hatte, abgegeben. Keine Tage mehr mit endlosen Vorbereitungen für einen wichtigen Termin, bei denen sie als seine quasi Sekretärin fungieren musste. Kein Kofferpacken mehr für lange Auslandsaufenthalte und die Angst, es könnte unterwegs etwas passieren, sei es auf dem Weg dorthin oder im Hotel mit einer neuen Frau, die ihn anhimmelte. Er hatte dieses Gen, diesen Blick, diese Ausstrahlung, der auch sie erlegen war. Wie viele Nächte, in denen er nicht nach Hause gekommen war, hatte sie durchweint.

Nein, weite Flugreisen oder ähnliches waren ihm jetzt nicht mehr zuzumuten, aber es gelang ihr, so viel Abwechslung in ihren Alltag zu bringen, dass auch sie wieder zufrieden war.

Eines Tages war ihr bewusst geworden, dass man glücklich sein im Grunde darunter zusammen fassen konnte, wie viele schöne, interessante, verrückte, gute und schlechte Erlebnisse man im Laufe seines Lebens gesammelt hatte. Daran erinnerte man sich immer wieder. Das konnte einem keiner nehmen. Das blieb im Gedächtnis. Davon konnte man zehren und machte einen glücklich an Tagen, an denen es hier und da weh tat und nichts mehr ging wie man wollte.

„Noch einmal vier Stufen auf einmal nehmen
und über den Bach springen können.
Noch einmal in das alte Kleid passen
trotz Sahnetorte am Sonntagnachmittag.
Noch einmal Kirschkerne spucken
ohne vom Bauern erwischt zu werden".

Blöd nur, dass man als junger Mensch
seine vielen Möglichkeiten nicht zu schätzen weiß.
Sie werden als selbstverständlich hingenommen.
Erst wenn etwas nicht mehr geht, wird man gezwungen
darüber nachzudenken.

„Ich weiß, was ich will", der Song von Udo Jürgens
kommt zu spät, dachte sie, die Zeit ist abgelaufen,
man kann die Jugend nicht zurück holen.
Muss sich bescheiden mit dem, was möglich ist.
„Es hätte ja noch schlimmer kommen können".

„Schau mal, der Himmel ist ganz blass rosa. So war er noch nie". Sie hatte die Gabel beiseite gelegt und fasziniert hinaus geschaut. Erst in der letzten Zeit war es ihr möglich, dankbar zu sein. Dankbar für das wunderschöne Fleckchen Erde, auf dem sie lebten. Dankbar für das großzügige Haus mit all seinen seniorengerechten Annehmlichkeiten. Dankbar für die Natur um sie herum, die gute Luft und die liebenswerten Nachbarn. Sie nahm sich jetzt immer öfter mal Zeit einfach da zu sitzen und den Graureiher am nahen Teich zu beobachten oder den kleinen Frosch, der über die Wiese hüpfte. Ab und zu bekam sie noch Besuch von dem Feldhasen. Er wagte sich immer bis auf die Terrasse. Sie war überzeugt, es sei noch derselbe wie im letzten Jahr. Und jeden Morgen das Spiel mit der Hausamsel. Sie war sicher, der Gelbschnabel würde nur darauf warten, bis sie die Zeitung aus dem Briefkasten holte. Dann ging sie ein paar Schritte auf die Amsel zu. Keine Reaktion. Aber wehe, wenn sie zu nahe heran kam. Dann schimpfte sie, flog auf die Dachrinne und beäugte sie von dort oben. Im Sommer nahm sie gern ein Bad in der blauen Vogeltränke. Sie spritzte dann gehörig um sich. Das schien ihr großen Spaß zu machen.

Ja, sie hatte endlich ihre Ruhelosigkeit aufgegeben, nachdem sie sich zunächst wie eine Gefangene gefühlt hatte. Ihren überaus ausgeprägten Freiheitsdrang konnte sie nicht mehr ausleben, das ängstigte sie, machte sie aggressiv. Doch dann ließ sie sich auf die Situation ein und wurde ruhiger. Nur so konnte sie den Alltag mit ihm bewältigen. Jetzt war sie für ihn da, und er genoss es. Hatte er von Anfang an in ihr eine Mutter gesehen? Dieser Aspekt verfolgte sie lange. Aber keiner konnte ihr eine eindeutige Antwort darauf geben. Es blieb bei ihrer Vermutung.

Der heutige Kalenderspruch gefiel ihr: Man verbringt viel zu viel Zeit damit, über Sachen nachzudenken, die man nicht mehr ändern kann! Deshalb versuchte sie so gut es ging im Hier und Jetzt zu leben. Irgendwo hatte sie gelesen: „Jede Minute Lachen verlängert Dein Leben um eine Stunde". Na bitte! Sie lachte, denn es hätte doch schlimmer kommen können.

IM FRÜHSOMMER ...

Sie hielt das Messer in ihrer rechten Hand, aber sie wusste nicht mehr, was sie damit vorhatte. Ein Lächeln huschte über ihr Gesicht. Beim Blick aus dem Küchenfenster auf den davor liegenden Teich sah sie jetzt zwei Entenfamilien einträchtig nebeneinander her schwimmen. Die eine hatte sechs Kinder, die andere vier. Die mit den sechs kleinen Entlein waren zwei Wochen lang jeden Morgen stolz – man sah förmlich wie Mutter und Vater ihre Köpfe reckten – an dem bis dahin noch kinderlosen Paar vorbei geschwommen. Jetzt hatten auch diese ihre kleinen Küken im Schlepptau.

„Ein so friedlicher Anblick", dachte sie und schaute wieder auf das Messer in ihrer Hand. Jetzt fiel es ihr wieder ein. Sie wollte aus dem Kühlschrank den spanischen Käse holen und ihn fürs Frühstück aufschneiden. Er war so hart, dass man Mühe hatte, sich mit dem normalen Besteck eine Scheibe abzuschneiden, deshalb war das große Filetiermesser dazu wesentlich besser geeignet.

Sie schaute auf den Tisch. Alles schien zu ihrer Zufriedenheit. Sie ging zum dritten Mal zur Badezimmertür. „Schatz, dein Kaffee wird kalt, komm frühstücken". „Bin gleich da". Das hörte sie jetzt schon zum dritten Mal an diesem Morgen und sie fragte sich, ob er gleich wieder vergaß zu kommen oder ob er tatsächlich jeden Morgen länger brauchte zum Waschen und Zähneputzen. Ein Seufzer entwich ihren ungeschminkten Lippen. So hatte sie sich das nicht vorgestellt …

„Welches waren Ihre wichtigsten Bezugspersonen in Ihrer Kindheit"?
Die Frage der Therapeutin klang freundlich und unaufdringlich. Sie dachte lange nach, aber es fiel ihr niemand ein. „Niemand, ich habe keine Erinnerung an meine Kindheit".
„Aber es muss doch jemanden gegeben haben, der für Sie wichtig war". Jetzt wurde die Frage schon etwas dringlicher.
„Nein, so sehr ich auch nachdenke, ich wüsste nicht, wen ich nennen sollte. Ich glaube, ich habe meine schreckliche Kindheit völlig verdrängt".

Lautlos liefen ihr Tränen übers Gesicht. Sie konnte sich wirklich nicht erinnern. Da war nichts, kein einziges Detail, dass ihr als etwas Besonderes oder Erwähnenswertes in den Sinn kam.

Die Therapeutin reichte ihr wortlos ein Taschentuch. „Überlegen Sie in Ruhe. Machen Sie eine kleine Liste von 1 – 10 bis zum nächsten Mal. Es fällt Ihnen bestimmt noch etwas ein".
Sie stand auf und ging an den Schrank mit den vielen Globuli-Fläschchen. Sie mischte knapp einen halben Teelöffel zusammen und bat sie, diese zu lutschen. „Bis nächste Woche. Seien Sie freundlich und nachsichtig mit sich", sagte sie lächelnd bei der Verabschiedung.

Die Sonne schien, die Vögel zwitscherten und die ersten Rosen waren im Vorgarten der Therapeutin aufgeblüht. Immer, wenn sie aus diesem Haus trat, fühlte sie sich leicht und unbeschwert, aber dieses Gefühl hielt leider nie lange an.

Irgendetwas nagte an ihr, fraß sich in ihr Unterbewusstsein und schwächte sie. Das spürte sie ganz deutlich. Aber was war der Auslöser?
Die Tage vergingen, und sie wurde immer kraftloser. Sie schlief kaum noch in der Nacht. Tagsüber dümpelte sie von einem kurzen Schlummer in den nächsten.

Sie fand ein Gedicht wieder, das sie wohl vor Jahren geschrieben hatte:

Die Stadt hat mich ausgelaugt.
Ihr Stress hat mich ausgesaugt.
Ich suche nur noch Stille.
Das ist mein letzter Wille.
Fernab vom lauten Gewimmel
Erfreut mich das Gebimmel der Kühe.

Wie alt muss man werden
Um zu wissen, was man nicht braucht?
Wann ist die Neugierde erloschen auf alles Neue?
Ist das Todesahnung oder schlicht Überlebenswille?
Danke, lieber Gott, für die Stille.

Was war geschehen? Warum nagte immer stärker das Bedürfnis an ihr, unbedingt noch weitere Erfolge haben zu müssen? Wozu? Sie hatte keine finanziellen Sorgen. Doch zum Schreiben, ihrer Lieblingsbeschäftigung, fehlte ihr die Kraft. War das der Schlüssel ihrer Unzufriedenheit?

„Ich glaube, Männer machen sich diese Gedanken nicht. Sie sind einfacher gestrickt". Ihre Freundin Melanie schob eine weitere Gabel Penne mit Lachs in ihren hübschen Mund.

„Mmmh, die Sahnesoße schmeckt köstlich. Solltest Du auch mal probieren, anstatt immer nur in Deinem Salat herum zu stochern", meinte Melanie jetzt und schob noch hinterher: „Du bist einfach nicht freundlich genug zu Dir selbst. Sei doch mal fröhlicher und unbeschwerter".

„Du hast gut reden", dachte sie. „Du hast keine Gewichtsprobleme, keine Schilddrüsenunterfunktion, kein Herzrasen in der Nacht". Aber das sagte sie nicht laut. Sie wusste, dass ihre Freundin es nur gut mit ihr meinte.

Plötzlich musste sie lachen. „Was ist?" fragte Melanie. „Ich habe heute morgen festgestellt, dass der natürliche Abstand zwischen Brustwarze und Taille erheblich kürzer geworden ist mit den Jahren", prustete es aus ihr heraus.

„Na und?? Was Du so alles feststellst". Melanie löffelte genüsslich den letzten Rest der Sahnesoße aus ihrem tiefen Teller. „Sei mir nicht böse. Ich habe Paul versprochen, dass wir zusammen das Spiel Frankreich gegen Deutschland gucken. Ich muss los. Bis nächste Woche".

Melanie warf ihr im Hinausgehen Kusshändchen zu. Dann schwang sie sich auf ihr Fahrrad und war schon bald nicht mehr zu sehen.

„Mochte Melanie sie wirklich oder nutzte sie sie aus"? schoss es ihr durch den Kopf. Melanie konnte nicht kochen, nicht backen, nicht nähen. Aber das minderte nicht ihr Selbstbewusstsein. Sie schnorrte sich in vieler Weise durchs Leben und war dabei immer recht gut gelaunt. Sie konnte das nicht. Es wäre ihr peinlich gewesen. Sie bat nie jemanden um Hilfe. Sie wollte immer alles alleine schaffen.

Sie drehte sich noch einmal zum Haus der Therapeutin um. Wie war sie jetzt auf Melanie gekommen? Die Zeit lag ewig zurück. Aber ihr fiel ein, dass sie damals mit Melanie über Martin gesprochen hatte. Wie sehr hatte sie sich gewünscht, Melanie´s Selbstbewusstsein möge ein wenig auf sie abfärben. Tat es aber nicht. Melanie verausgabte sich nie, forderte aber, und sie fragte sich immer wieder: „Worauf bildet die sich etwas ein"??

Einige Zeit später verloren sie sich aus den Augen. Melanie zog mit ihrem Sohn in eine andere Stadt.

Seit drei Monaten war sie jede Woche einmal bei der Therapeutin. Sie war gerne dort. Fühlte sich geborgen. Aber ihr wurde immer klarer, dass diese nur Ursachen aufdecken konnte. Die Dinge ändern, das musste sie schon selbst.

Anfangs schien es ihr etwas zu banal, dass man angeblich für jedes Verhalten im Leben eines Menschen die Kindheit zu Rate ziehen und vieles davon ableiten kann.

Zum ersten Mal stieg in ihr so etwas wie Neid empor. Sie kannte das vorher nicht. Aber nachdem die Therapeutin ihre freudlose Kindheit analysiert hatte, wusste sie, was ihre Eltern und Geschwister – wahrscheinlich unwissend – alles falsch gemacht hatten.

Aber müssten dann nicht irgendwann im Leben alle Menschen irgendwann eine Therapie machen? Sie kannte niemanden, bei dem alles gut gelaufen war. Scheitern und Versagen gehörten doch im Leben dazu, nur schaffte es nicht jeder, danach wieder aufzustehen, „Krone zu richten" und weiter zu machen.

„Du sollst nicht nach unten sehen", ermahnte sie wie oft ihre Freundin Vera. „Da oben scheint die Sonne und Du bist es wert, aufrecht zu gehen".

Sie war so glücklich, endlich, endlich die Zeit für Freundinnen zu haben. Wie sehr hatte sie das vermisst, und wie oft ertappte sie sich immer noch dabei mit schlechtem Gewissen beim Kaffeeklatsch zu sitzen.

Keine engen Termine zu haben, sondern im wahrsten Sinne des Wortes machen zu können, wozu man gerade Lust hat, das war gar nicht so einfach.

Merkwürdig. Wenn sie endlich mal wieder ausreichend geschlafen hatte, konnte sie alles sehr realistisch einordnen. War das aber – wie meistens – nicht der Fall, dann gelang wohl keine neuronale Verknüpfung mehr im Gehirn. „Synapsen dienen der Übertragung von Erregung und vermögen darüber hinaus Informationen zu speichern", las sie im Internet nach.

Manchmal reichte jetzt schon eine Kleinigkeit, sie aus dem Gleichgewicht zu bringen, emotional. Sie weinte dann ohne besonderen Grund und hasste sich dafür.

Heute war ein guter Tag. Sie hatte ausreichend geschlafen und freute sich aufs Frühstück. Endlich kam ihr Mann aus dem Badezimmer. Er war in der Regel immer freundlich gelaunt, es sei denn, er hatte großen Hunger. Dann konnte er sehr cholerisch sein. Aber mit zunehmendem Alter ging wohl auch das Gefühl für großen Hunger verloren. Anders konnte sie sich seine Gleichmütigkeit nicht erklären. Sie musste inzwischen aufpassen, dass er genug trank, dass er aß. Er vergaß es schlichtweg. Darauf ansprechen durfte man ihn nicht. Dann wurde er böse. „Jeder vergisst mal etwas", war dann seine stereotype Antwort. Aber es war ja nicht das „mal etwas vergessen", nein, es geschah zig mal am Tag, dass er etwas suchte, etwas angeblich fort war, er mittendrin im Tun abgelenkt wurde und so vieles nicht zu Ende brachte .

Sie hatte es schon im letzten Jahr vermehrt bemerkt, aber die Vergesslichkeit kam in Schüben, war nicht gleichmäßig da.

Sie las viel im Internet, sprach mit Ärzten. Keiner konnte ihr den exakten Verlauf voraussagen. Bei jedem äußere sie sich verschieden, hieß es. Es gab Studien, aber keine Gewissheit.

Nein, so hatte sie sich das gemeinsame Alter nicht vorgestellt. Es war eine Belastung, ohne Frage, und die würde in den nächsten Jahren auch nicht weniger werden, das war klar.
Sie musste lernen damit umzugehen, ohne sich selbst zu verlieren.
Nie hatte sie über eine Entwicklung wie die gegenwärtige nachgedacht.

Der spanische Käse schmeckte lecker. Sie erzählte ihrem Mann von den zwei Entenpaaren. Er nahm sofort sein Fernglas und wollte sie noch näher betrachten, aber das Entengeschwader hatte sich bereits an das gegenüberliegende Ufer zurückgezogen und seinen Morgenausflug beendet.

Wie jeden Tag löste sie noch das kleine Kreuzworträtsel in der Tageszeitung. Es war albern, aber sie konnte sich täglich aufs Neue freuen, wenn sie es ohne Schwierigkeiten hin bekam.

Was ihr dabei immer wieder auffiel? Die Todesanzeigen in der Zeitung (und nicht nur in dieser) standen immer direkt im Anschluss an den Sportteil. „Das wirft doch irgendwie kein gutes Licht auf sportliche Aktivitäten. Sport ist doch angeblich so gesund. Warum dann diese Platzierung", ging es ihr immer wieder durch den Kopf.

Ihr Mann war mit den Nachbarn zum Boulespielen. Wie schön! Ihre Nachbarn unterstützen sie, wo sie nur konnten. Sie nahm sich noch einmal den Bogen ihrer Therapeutin vor bezüglich der wichtigsten Bezugspersonen in ihrer Kindheit. Sie grübelte und grübelte.

Ihr Pfarrer fiel ihr ein. Ein kleiner, drahtiger Mann mit einer Hakennase. Er war wirklich nicht schön, konnte aber ungeheuer spitzbübisch lachen. „Am liebsten wäre ich Schauspieler geworden", hatte er oft gesagt. „Jetzt bin ich Pfarrer, das ist genauso gut".

Er teilte ihre Leidenschaft für die gelben Reclamhefte, die preiswertesten Theaterbücher. Er gründete eine Laienspielgruppe, in der sie natürlich mitwirken durfte. Er verstand sie wesentlich besser als ihre Eltern. Was mochte wohl aus ihm geworden sein???

„Wie viele Menschen einem im Laufe des Lebens begegnen", dachte sie. „Leider kann man nicht alle „über die Zeit" retten. Sie verschwinden einfach wieder aus unserem Bewusstsein, wenn man sie nicht mehr sieht oder hört. Schade"!

Aber außer diesem Pfarrer fiel ihr absolut niemand ein. Doch, da kommt ihr noch der Opa ins Gedächtnis, der Vater ihrer Mutter. Er hatte ihre Oma erst geheiratet, als ihre Mutter schon sechs oder sieben Jahre alt war. Das hatte diese ihm nie verziehen. „Ich war nicht gewollt", war ein häufiger Spruch ihrer Mutter.

Ihre Oma war sehr jung gestorben, diese hatte sie nie kennen gelernt. Aber diesen Opa hatte sie zwei oder drei Mal erlebt. Er lernte noch mit über 70 Jahren Motorradfahren und hatte eine Freundin in Süddeutschland. Die besuchte er regelmäßig. Die Wohnung ihrer Eltern nutzte er als Zwischenstation bzw. Übernachtungsstation auf seiner Fahrt.
„Ob ich von ihm meine wilden Phantasien habe???"
Ob er wirklich wichtig für sie war, vermochte sie nicht zu sagen. „Aber was einem so alles einfällt, wenn man sich mal die Zeit nimmt, konsequent nachzudenken. Das tue ich in letzter Zeit öfter", stellte sie fest.

Es war ihr jetzt wirklich wichtig geworden, hinter viele „Geheimnisse" ihres Lebens zu kommen, aber das entpuppte sich als mühsam. „Außerdem weiß man doch nie so recht, ob einem das Gedächtnis nicht einen

Streich spielt, und die Erinnerung etwas vorgaukelt, das so nicht wirklich passiert ist. Vielleicht spielt auch Wunschdenken eine Rolle"??? sinnierte sie weiter.

Sie liebte ihren karierten bequemen Ohrensessel. Es gab nichts Schöneres, als sich in ihn hinein zu kuscheln und den Blick schweifen zu lassen. Zunächst über den eigenen Garten, vorbei am Apfelbaum, auf die Weide mit den Kühen. Bunt Gefleckte mit mehreren braunen und einem weißen Kalb. Das weiße Kalb war das übermütigste. Gegen Abend fing es manchmal an, wild über die Weide zu laufen, die anderen Kälber hinter ihm her. Auch bei Schafen hatte sie immer wieder beobachtet, dass diese schon als Kinder ausgeprägte, unterschiedliche Charaktere hatten.

Also stimmte es, was die Therapeutin immer wieder betonte: „Die Kindheit ist der Schlüssel für das ganze restliche Leben".

Sie goss sich noch einen Kaffee mit ganz viel Milch ein. Jetzt war er nur noch lauwarm, aber das störte sie nicht. Als sie sich gerade wieder in den Sessel setzen wollte, klingelte das Telefon.

„Hallo"! „Hier ist Holger Petersen. Erinnern Sie sich? Ich habe Ihr Buch gekauft, nach der Lesung in Tönning. Und Sie waren so nett, mir Ihre Visitenkarte zu geben". Sie musste eine Weile nachdenken, denn ihre letzte Lesung war schon ewig her. Doch dann erinnerte sie sich wieder.

„Ja, natürlich", antwortete sie jetzt ehrlich erfreut, „hat Ihnen das Buch gefallen"?
„Deshalb rufe ich ja an. Ich habe es mehrfach gelesen, weil es mir sehr gut gefällt, aber ich hätte doch noch ein paar Fragen dazu. Können wir die nächsten Tage mal einen Kaffee zusammen trinken und darüber reden"?
„Sehr gerne", sagte sie. Doch in diesem Moment kam ihr Mann vom Boulespiel zurück und redete direkt auf sie ein, ohne zu bemerken, dass sie das Telefon in der Hand hielt.

„Kann ich Sie zurück rufen? Geben Sie mir Ihre Nummer", sprach sie jetzt nervös ins Telefon.

Während Sie die Nummer notierte, wollte ihr Mann auch schon wissen, wer das denn sei und dass er leider verloren hätte beim Spiel. Die anderen wären aber nicht wirklich begeistert von dieser Sportart, eigentlich seien sie alle unsportlich. Genauso wenig würden sie gerne Fußball gucken. (Im Gegensatz zu ihm). Die anderen würden sich mehr fürs Angeln oder Kochen interessieren. Das ginge ihm aber völlig am A ... vorbei. Schade. Nachdem sie entdeckt hatte, dass ihr kleiner Badeort über eine Boulebahn im Kurpark verfügte, hatte sie gehofft, ihn öfter dort mit den Nachbarn spielen zu sehen.

Wie konnte sie ihn nur beschäftigen???? Er hatte keine echten Hobbys, interessierte sich für viele Dinge, aber am liebsten mit ihr zusammen. Aber sie war so schrecklich müde. Ihr fehlte Elan, Antrieb. Was hatte sie früher alles bewältigt? Und jetzt???

„Erzählen Sie mir nicht, was Sie nicht mehr können, erzählen Sie mir, was Sie noch können". Der Satz ihres Arztes ging ihr nicht aus dem Kopf. Wie ein Mantra wiederholte er immer wieder: „… nicht dagegen wehren, annehmen, heißt das Zauberwort!".

Natürlich kannte sie viele Gleichaltrige, die viel schlechter als sie gesundheitlich dran waren. Aber das half trotzdem nicht, ihr Gemüt auf Dauer aufzuhellen. Sie haderte mit sich und ihrem Körper, war unruhig, unglücklich, unzufrieden. Sie mochte sich selbst nicht. Wie undankbar sie war.

ZWEI WOCHEN SPÄTER ...

Das Café am Dom in Meldorf war wie immer sehr gut besucht, aber sie saßen in einer Ecknische, wo man sich trotz des allgemeinen Geräuschpegels gut unterhalten konnte.

„Schön, dass Sie sich Zeit genommen haben", eröffnete Holger Petersen das Gespräch. Sie fühlte sich bemüßigt, ihm eine kurze Erklärung zu geben. „Mein Mann ist beim Arzt. Die Sprechstundenhilfe ist so lieb und ruft mich an, wenn ich ihn abholen kann".

„Dann darf ich keine Zeit verlieren und falle gleich mit der Tür ins Haus. Ich möchte auch schreiben, schreiben wie Sie. Ihr Schreibstil gefällt mir außerordentlich gut. Kann man das lernen?"
Sie war verblüfft. Eine solche Frage hatte sie nicht erwartet und auch noch nie darüber nachgedacht.

„Ich weiß nicht", fing sie zögernd an, „ob ich da die richtige Person bin. Ich habe es ja nie wirklich gelernt. Es strömt so aus mir heraus. Ich habe da keine Struktur, an der ich mich entlang hangele. Ich lasse sich die Figuren weiter entwickeln. Wie es enden wird, weiß ich am Anfang nicht. Ist das nicht ziemlich unprofessionell?"

„Für mich kommt es jedenfalls sehr authentisch rüber. Ihre Schreibe fesselt mich. Ich mag das Buch gar nicht aus der Hand legen, wenn ich einmal angefangen habe zu lesen. Wie viel ist davon autobiografisch?"

Ihr gefiel wie zielstrebig und direkt Holger Petersen war. Sie betrachtete ihn näher. Sie schätzte ihn ziemlich gleichaltrig ein. Er war groß und schlank mit sehr hellen, wachen Augen.
Als er vor ihr die paar Stufen zum Café hinauf gegangen war, bemerkte sie, dass er das linke Bein leicht nachzog.

Sie räusperte sich. „Ich habe leider nicht viel Phantasie, deshalb muss ich hauptsächlich auf Erlebtes zurückgreifen. Aber das mixe ich wild durcheinander, das heißt, die wahren Personen und die Situationen, die ich beschreibe, stimmen nie überein".

Das Gespräch wurde immer lebhafter. Leider kam der Anruf der Sprechstundenhilfe viel zu schnell. Auf dem Weg zur Praxis bemerkte sie, wie gut ihr diese kurze Begegnung getan hatte. Endlich hatte sie sich mal wieder richtig lebendig gefühlt.

„Wo warst Du", empfing sie ihr Mann leicht ungehalten.

„Ich habe Dir endlich dieses Buch über Trump besorgt", antwortete sie leicht spitz. „Das hattest Du Dir doch gewünscht". Sie verriet ihm nicht, dass sie es schon vor über einer Woche gekauft hatte. „Jetzt fange ich schon an zu lügen", dachte sie, ohne sich dafür zu schämen.

IM SOMMER ...

Die Tage waren in erster Linie angefüllt mit Gartenarbeit. Es war Sommer, ein heißer Sommer mit wenig Regen. Ihr Mann half ihr beim Bewässern ihrer geliebten Pflanzen und versuchte sich so gut er konnte, nützlich zu machen. Manchmal murrte er: „Nichts als Arbeit hat man mit so einem großen Garten. Warum wolltest Du unbedingt ein Haus mit Grundstück? Ein Penthouse mit Aussicht wäre mir lieber gewesen".

Aber darauf reagierte sie gar nicht. In den Hochbeeten und Obststräuchern wartete täglich eine reiche Ernte auf sie. Sie hatte alle Hände voll zu tun mit Kochen und Einfrieren. Die gesammelten leeren Gläser füllten sich mit Marmeladen oder Chutneys, einer Spezialität von ihr. Oft kamen jetzt Nachbarn zum Kaffee und lobten sie für ihre tollen Kuchenkreationen.

Ihre Therapeutin machte Sommerferien. So lutschte sie nur täglich ihre Globuli und zählte die Tage bis zur nächsten Sitzung.

Ein reger email-Verkehr mit Holger Petersen lenkte sie wunderbar vom täglichen Einerlei ab. Bald wusste sie sehr viel von ihm. Unter anderem auch, weshalb er das linke Bein nachzog. Ein schwerer Autounfall vor fast zwanzig Jahren war schuld daran. Die Ärzte hatten bei der Operation gepfuscht. Er musste wohl bis zum Rest seines Lebens mit heftigen Schmerzen leben. Aber er beklagte sich nicht, nahm es hin. Auch dass er nicht mehr Tennis spielen oder Ski fahren konnte. In letzter Zeit fiel ihm auch Radfahren immer schwerer. Deshalb sein Wunsch zu schreiben. Als Ausgleich.

Er war so direkt und ehrlich, redete nie „um den heißen Brei". Das gefiel ihr immer mehr. Sie musste sich nicht verstellen, musste sich nicht überlegen, wie sie etwas sagte, sondern konnte sich ihm gegenüber völlig ungezwungen öffnen. Sie suchten beide nach einer Möglichkeit, sich endlich einmal wieder zu sehen und zwar länger als die kurze Begegnung im Café.

WENIG SPÄTER ...

Auf dem Weg nach Hamburg war sie voller Vorfreude. Sie hatte sich ein preiswertes Zimmer in Altona gemietet. Angeblich besuchte sie ein Seminar von dem Verein der Schriftsteller in Schleswig-Holstein.

Die ehemalige Sekretärin ihres Mannes – vor kurzem Witwe geworden – war bei ihnen zu Besuch. Sie hatte sie schon zu Lebzeiten ihres Mannes häufig besucht, da ihr Sohn eine Ferienwohnung im Badeort besaß. Sie bot sich sofort an, ihren Mann die zwei Tage zu versorgen.
Deshalb saß sie jetzt laut singend im Auto. Sie fühlte sich frei und unbeschwert. Sie hatte schon vergessen, wie wunderbar sich das anfühlte.

Das Essen im Alten Elbspeicher war hervorragend und die Gespräche mit Holger Petersen beflügelten sie.

Plötzlich hatte sie sehr viele konkrete Vorschläge für ihn auf seinem Weg zum Autor. Sie bemerkte, dass sie auch selbst von ihren Vorschlägen profitierte. Denn je mehr sie über ihre eigene Schreibe preisgab, desto besser verstand sie ihr eigenes Tun und Handeln.

Sie lag hellwach in ihrem Bett in Altona. Jetzt ärgerte sie sich, dass sie sich nichts Besseres geleistet hatte. Die Geräusche aus dem Nachbarzimmer waren eindeutig aber nicht animierend.

Sie wusste jetzt, dass Holger verwitwet war, aber was würde es bringen eine Liaison anzufangen, überlegte sie. Und da meldete sich auch gleich wieder ihr mangelndes Selbstbewusstsein zu Wort. Wie würde er ihre erschlafften Brüste und die Dellen an ihren Oberschenkeln bewerten?

Nein, es war schon richtig und besser, die Beziehung auf einer platonischen Ebene zu belassen. Aber die Gespräche und der gute Wein waren so anregend gewesen, dass sie keinen Schlaf fand. Am nächsten Tag hatten sie sich noch für einen Spaziergang verabredet, bevor sie wieder zurück fahren würde.

Ihre Bedenken, nicht gut genug auszusehen nach der schlaflosen Nacht, machte Holger gleich mit einer üppigen Umarmung und einem geraunten: „Du siehst wunderschön aus", zunichte. Wann hatte das zuletzt mal Jemand zu ihr gesagt? Gerne hätte sie die Umarmung noch viel länger beibehalten.

Sie plauderten und plauderten. Sie hatten so viel Gesprächsstoff und merkten gar nicht, wie sich am Himmel Gewitterwolken auftürmten und gleichzeitig Blitz, Donner und ein erster Regenguss sie völlig überraschten. Als sie durchnässt an ihrem Wagen ankamen, klebten ihnen ihre Kleider am Leib. Sie lachten und schüttelten sich wie nasse Hunde.
Holger wusste noch ein Café in Övelgönne, aber es war leider total überfüllt und sehr laut.

Nach einem langen Abschiedskuss, fuhr sie davon ohne sich noch einmal umzublicken, aus Furcht, umzudrehen und sich ihm weinend an die Brust zu werfen. Sie kannte sich. Sie war zu schnell entflammbar ohne die Konsequenzen zu überdenken. Darüber hatte sie sich ja in der vergangenen Nacht den Kopf zermartert. Es war gut so. Sie hatte keine andere Wahl als „brav" nach Hause zu fahren.

Viele Jahre hätte sie wie oft Gelegenheit gehabt, die Beziehung mit ihrem Mann zu beenden. Aber sie hatte es nicht geschafft. Zu viele schöne Begebenheiten überwiegten. Und immer war da auch der Wunsch und die Hoffnung, den Menschen ändern zu können.

Wie dumm und großkotzig. Jeder darf schließlich sein wie er möchte. Keiner hat das Recht, den anderen nach seinen Wertevorstellungen zu ändern, aber es wird ständig versucht. Von Mutter zu Kind, von Frau zu Mann, von Chef zum Angestellten. Wozu war sie 68 auf die Straße gegangen? Für love and peace. Aber, war man heute nicht weiter denn je davon entfernt?

Ihr Mann freute sich ehrlich, als sie zu Hause eintraf. Er erzählte ihr lebhaft, welch schönen Abend er mit Susanne (seiner ehemaligen Sekretärin) verbracht hatte. Sie hatten Canasta gespielt, und sie war so intelligent gewesen, ihn gewinnen zu lassen. Ein Erfolgserlebnis, das ihn glücklich machte. Sie war zu solchen Spielchen nicht bereit, obwohl der Arzt ihr dringend angeraten hatte, so zu handeln. Aber es machte ihr keinen Spaß, sich auf die Stufe eines Kindes zu begeben, nur um ihn fröhlich zu machen. Sie wollte gefordert werden. Deshalb musste sie sich Freiräume schaffen, das wurde ihr jetzt schlagartig klar.

NACH DEM REGEN ...

Sie liebte es, in ihrem Ohrensessel zu sitzen und die Schwalben zu beobachten, die sich nach dem Regen – wie verabredet – auf dem Garagendach ihres Nachbarn niederließen. 48 Stück zählte sie. Warum taten sie das und wozu? Sie wusste keine Erklärung, aber es war schön, wie sie in einer Reihe auf dem Rand des Daches saßen und laut zwitscherten.

Voller Spannung hatte sie den ersten Buchversuch von Holger Petersen aufgeschlagen und las:

„Sie waren auf die andere Seite des Flusses gefahren. Hier zwang der Sturm die Birken in die Knie und am Ende einer kleinen Straße neben den Bahngleisen lag das Ensemble einer alten Armaturenfabrik. Die Hallen wollten nicht aufhören sich in die Nacht zu erstrecken. Die alten Industrielampen pendelten bedrohlich von der Decke. Irgendwo in der Ecke knarzte es. Nur ein Wellblech, das sich im Wind wiegte? Dieser Ort schien an allen Ecken zu leben. Die Sinne wurden in der Dunkelheit extrem geschärft. Plötzlich donnerte ein Güterzug vorbei. Minutenlang war nichts anderes zu hören, erst recht nicht die Schritte der anderen Personen, die genau diesem Moment...

Doch da rief ihr Mann:„Schatz, ruf doch bitte mal mein Handy an. Ich kann es nicht finden". Es war schon das dritte Mal an diesem Abend, dass sie mittels Anruf sein Handy orten sollte. Warum gerade jetzt schon wieder? Sie war stinksauer. Erst vor wenigen Minuten hatte sie es sich mit einer Tasse Orangen/Ingwer-Tee im Sessel gemütlich gemacht. Das Essen schmurgelte gewiss noch eine halbe Stunde im Ofen. Draußen regnete es erneut. Die beste Zeit um endlich, endlich mal die Zeilen von Holger zu lesen und gerade an dieser spannenden Stelle die Unterbrechung.

Ihr kamen die Worte der netten Dame von der Selbsthilfegruppe in den Sinn: „Immer ruhig bleiben. Um Gottes willen nie den Satz: „das hast Du mich doch schon mal gefragt", sagen. Das würde nur aggressiv machen. Ruhig und freundlich bleiben. Das sei die beste Strategie.

Sie hatte sich immer für einen geduldigen Menschen gehalten, aber seit einiger Zeit merkte sie, dass sie sehr oft an ihre Grenzen stieß.

Der zuvor noch freundliche Ruf wurde dringlicher. „Schatz, bitte ruf mein Handy an. Ich kann es nicht finden. Es muss hier irgendwo liegen!!"
„Verdammt noch mal, kannst Du mich nicht einmal in Ruhe lesen lassen. Wozu brauchst Du denn Dein Handy?"

„Ich muss was bei Safari nachgucken. Ich komm nicht drauf wie das Insekt des Jahres 2020 heißt. Wird hier im Kreuzworträtsel gefragt".

„Der Ölkäfer" war ihre lapidare Antwort, und in Gedanken rief sie sich den Zeitungsbericht ins Gedächtnis. Darin hatte es vor ein paar Tagen geheißen: Der Schwarzblaue Ölkäfer ist das Insekt des Jahres 2020. Er fasziniert seit Jahrtausenden. Im antiken Griechenland wurde er für Giftmorde verwendet. Bereits das Gift eines Käfers reicht aus, um Jemanden ins Jenseits zu befördern.

„Aber wie kriegt man Denjenigen dazu, den Käfer zu verspeisen", überlegte sie. Später soll er auch – in Honig eingelegt – als Liebestrank verwandt worden sein, zur Steigerung der Potenz. In kleinen Dosen soll er lange als Heilmittel gedient haben.

Schweren Herzens klappte sie das spannende Buch zu und bereitete den Salat fürs Abendessen.

„Mmmh, das riecht aber lecker aus dem Backofen, Schatz. Was hast Du Dir da wieder Tolles ausgedacht?"

Ihr Mann kraulte ihr zärtlich den Rücken und küsste sie sanft in den Nacken. Er wusste genau, wie sehr sie das mochte. Und in diesem Moment war sie froh, dass es nur ein frischer Lachs war, der im Gemüsebett in Folie im Backofen schmurgelte. Ganz ohne Ölkäfergift.

JAHRE SPÄTER ...

Holger hatte sie drei Jahre nicht gesehen. Es hatte sich einfach nicht ergeben. Jetzt saßen sie wieder im Alten Elbspeicher zusammen und redeten und redeten und waren sich so nah wie damals. Sie erzählte ihm, dass sie ein wunderbares Heim für ihren Mann gefunden hätte. „Und stell Dir vor, wer sich in diesem Heim auch eingemietet hat ohne pflegebedürftig zu sein"?

„Du wirst es mir gleich sagen", antwortete er lächelnd. „Seine ehemalige Sekretärin. Als ich ihn das letzte Mal besuchte, wollte ich meinen Augen nicht trauen. Da saßen sie wie ein altes Ehepaar zusammen und spielten Canasta. Ich bin sicher, sie lässt ihn immer noch gewinnen".

Ihre Augen füllten sich mit Tränen. „Er hat mich nicht mehr erkannt. Lächelte nur freundlich. Das tut so weh. Wozu habe ich das so lange ausgehalten"?

„Weil Du nicht anders konntest. Und das war gut so. Belaste Dich nicht mit der Vergangenheit. Überlege lieber, was Du noch aus Deinem Leben machen möchtest".

Holger tätschelte zärtlich ihre Hand.

„Ich habe mir wirklich eingebildet, ich schaffe das alleine. Aber irgendwann ging es nicht mehr. Ich war manchmal so wütend und hilflos. Hätte ich nicht dieses wunderbare Heim gefunden, ich weiß nicht, wie es geendet hätte".

Immer noch rannen Tränen über ihr faltiges Gesicht. Immer noch ihre Hand tätschelnd sagte er verschmitzt: „Weißt Du noch, wie ich Dir einmal schrieb: Frauen sind wie Überraschungseier, nur nicht so süß"?

Sie lächelte.

UND DANN WAR WIEDER SOMMER ...

Sie ging durch ihren Garten und staunte. Lupinen in allen Schattierungen. Von weiß über gelb, rosa, rot, blau bis ins tiefste Lila. Sie war entzückt. Teilweise an einer Staude mehrere Farben. Sie hatte sich schon mehrfach Mühe gegeben, sie als Saat oder Pflanze bei sich heimisch werden zu lassen. Vergebens, bis ins letzte Jahr. Da schenkte ihr eine Freundin eine Pflanze im Topf. Sie setzte sie neben eine Rose und siehe da, als fühlte sie sich total wohl in dieser Umgebung, schenkte sie ihr in diesem Jahr diese Pracht.

„Ein Garten ist etwas Tolles. Man kann planen wie verrückt, aber man weiß nie, ob am Ende alles so wird wie man es sich auf dem Papier vorgestellt hat", sagte sie sich aus Überzeugung

Für manche Pflanzen hatte sie eine Vorliebe entwickelt. Sie erinnerte sie an bestimmte Orte oder Gegebenheiten. So wie man sich immer an den Song erinnert, als man zum ersten Mal geküsst wurde. Er wird einem ein Leben lang im Gedächtnis bleiben.

Die Lupinen verband sie zum Beispiel mit Punta Arenas. Das Punta Arenas, das ganz im Süden von Chile liegt, kurz vor Feuerland. Als sie damals Anfang Januar dort landeten, begleiteten sie die Lupinen auf der ganzen Fahrt vom Flughafen in die Stadt. In der Mitte der vierspurigen Straße blühten sie in einem Grünstreifen in allen Farben.
Und jetzt bei ihr. Als nächstes fielen ihr die Jacaranda Bäume auf Madeira ein.

Im Mai bildeten sie ein zart-lila Blütendach über den Straßen von Funchal. Madeira nennt man den „Schwimmenden Garten im Atlantik" und das zu Recht. Mindestens jeder zweite Tourist hatte beim Abflug eine große Schachtel mit Strelitzien (Paradiesvogelblumen) im Handgepäck. Dafür ist Madeira bekannt. Aber sie war in erster Linie berauscht von den vielen Mimosen, die zum Beispiel im Garten des kleinen Teehauses blühten. Mimosen zählten schon lange zu ihren Lieblingsblumen. Leider benötigen sie extrem viel Wärme und Feuchtigkeit und wären für ihren Garten völlig ungeeignet. Und die Bougainvilleen müsste man noch erwähnen, dachte sie. Die üppigen Büsche von zartgelb bis dunkelrot rankten im gesamten Süden an jeder Ecke.

Und schon erinnerte sie sich, dass auf der kleinen Insel La Palma, die auch zu den Kanarischen Inseln gehört, Weihnachtssterne bis zu 3 Meter hoch werden. Übers Jahr eher unscheinbar, erstrahlten sie dort zu Weihnachten in sattem Rot.

Sie hüpfte gedanklich etwas nördlicher im Atlantik. Von den neun Inseln, die alle zu den Azoren gehören, waren sie auf Faial, auch die Blaue Insel genannt. Im September tauchten kilometerlange Hortensienbüsche die Insel in ein blaues Meer. Und nicht nur in blau, sondern auch in weiß, rosa und lila fühlten sie sich in ihrem Garten pudelwohl. Ihr Mann hatte ihr oft eine Topfpflanze geschenkt, die sie nach einiger Zeit im Zimmer im Garten auspflanzten.

Und weiter erinnerte sie sich. „Wenn man im September nach Irland reist, fährt man über einen Blütenteppich aus Fuchsien. Die dort mannshohen Büsche verlieren leider Anfang Herbst ihre filigranen Blüten. Aber sie haben für mich etwas ungeheuer Anmutiges", dachte sie, „wie kleine Primaballerinen".

Apropos Primaballerinen: Da fiel ihr doch sofort der Weiße Garten von Sissinghurst ein. Die Schriftstellerin Vita Sackville-West hatte mit ihrem Mann das Anwesen Anfang des 20.Jahrhunderts erworben und das riesige Gelände in viele Gartenräume eingeteilt. Der Weiße Garten, in dem viele verschiedene Pflanzen in den unterschiedlichsten Weiß- bis Silbertönen blühen ist wohl der bekannteste. Anfang Juni verströmte dort eine weiße Kletterrose am Eingang ihren betörenden Duft.

Sie lächelte. Die Bezeichnung „Gartenräume" hatte ihr damals sofort gefallen, und sie benutze das Wort gerne.

Natürlich könnte sie die Liste beliebig verlängern. „Man muss auch gar nicht ins Ausland reisen", schrieb sie jetzt in einem Brief an Holger. „Denke ich zum Beispiel an Bremen, fällt mir der Rhododendron Park ein. Hunderte Sorten sind dort vereint und dazu noch wunderschöne Azaleen. Sie werden ja gerne als die kleinen Schwestern von Rhododendren bezeichnet. Ab April sind sie die zauberhaften Vorboten des Sommers. Wir sollten dort unbedingt einmal hinfahren, lieber Holger".

„Ein Garten ist wirklich etwas Wunderbares. Mit ihm erlebt man die Jahreszeiten intensiv und ist immer wieder fasziniert, welche Pflanzen den Winter gut überstehen, sich ausbreiten oder leider nicht wieder kommen. Wie zum Beispiel meine Stockrosen, die ich in Nachbargärten bewundere und die in Dänemark vor geschätzt jedem Haus mit minimaler Erde auskommen, aber trotz intensiver Pflege bei mir nicht gedeihen". „Man kann nicht alles haben", sinnierte sie und ließ den Brief unvollständig liegen …

EINIGE MONATE SPÄTER ...

„Wir können uns nicht mehr leisten, betrübt auszusehen. Dafür sind wir zu alt". Eva drückte die Freundin fester an ihren kaum vorhandenen Busen. Deren
Schluchzer wurden weniger und ihre Atmung ruhiger.

„Jedes Mal denke ich, es ist vorbei und kommt nicht
wieder, aber ehe ich mich wirklich sicher fühle, ge-
schieht etwas, und ich sitze wieder mitten drin im
schwarzen Loch".

Sie war froh, dass Eva gekommen war. Beinahe hätte
sie nicht geöffnet, aber Eva war geschickt. Sie war um
ihr Haus herum gelaufen und hatte sich von hinten
an die Terrassentür heran geschlichen und so laut ge-
klopft, dass die Nachbarn hellhörig geworden wären,
hätte sie nicht geöffnet.

Seit Tagen hatte sie sich nicht gewaschen und gekämmt. Eva bestand darauf, dass sie sich die Zähne putzte und kurz unter die Dusche ging. Jetzt saßen sie bei einer duftenden Tasse Tee, weißem Tee mit Kandis und geelem Köm. Den Kräuterschnaps hatte sie vor Jahren lieben gelernt, als sie an die Nordsee gezogen war.

Eva lebte schon ewig in Hamburg, aber sie sahen sich nur selten. Eva war ständig unterwegs. Nachdem ihr Mann gestorben war, holte sie alle Reisen nach, die er mit ihr zusammen nicht hatte machen wollen. Zu bequem war er gewesen, der Herr Literaturprofessor. Saß am liebsten in seinem Lieblingssessel und las. Und in diesem Sessel war er dann auch irgendwann für immer eingeschlafen. Hatte keinen Ton von sich gegeben, nicht gejammert, nicht um Hilfe gebeten, war einfach nur ganz friedlich eingeschlafen. So friedlich, wie er sein Leben lang gelebt hatte. Zu friedlich für Eva, die immer etwas erleben wollte. Aber seine Klugheit und Besonnenheit hatte sie als Studentin angezogen. Sie hatten geheiratet. Dass diese Charakterzüge sie irgendwann einmal langweilen würden, hatte sie nicht bedacht.
Jetzt lächelte sie. „Was denkst Du", fragte Eva.

„Ich musste gerade daran denken, wie ich Dich kennen gelernt habe. Du fielst mir auf, denn Du hattest zwei verschieden farbige Schuhe an. Dasselbe Modell, aber der linke Schuh war rot und der rechte blau. Wenn Dir eine Marke gut gefiel, hast Du fast immer zwei Paar davon gekauft in unterschiedlichen Farben und dann den einen so und den anderen so getragen. Das fand ich aufregend. Damals war ich froh, wenn ich mir überhaupt ein Paar leisten konnte".

Eva drückte sie noch einmal fest an sich und küsste sie. „Und dann wurden ich und alle meine Freundinnen Ehe- und Hausfrauen und haben vom Geld unserer Männer gelebt, so wie wir davor vom Geld unserer Papas gelebt hatten. Nur Du, meine Liebe, hast Dich durchgeboxt in einer Männerdomäne, hast es allen gezeigt, Karriere gemacht und vielen Arbeit und Erfüllung im Beruf ermöglicht. Wir haben Dich immer nur bewundert".

Jetzt rannen wieder die Tränen. „So habe ich das nie gesehen. Ich habe immer an mir gezweifelt" … „und hast Dich dabei immer verausgabt", beendete Eva den Satz.
„Ja, Du hast Recht. Die Ärzte sagen, meine Herzprobleme seien hausgemacht. Ich hätte mich Jahrzehntelang nicht um meine Gesundheit gekümmert".

„Und weiter?" Eva stand auf. „Sie sollen Dir Lösungen aufzeigen und nicht noch ein schlechtes Gewissen machen. Es muss doch etwas geben, um diese elenden

Herzrhythmusstörungen in den Griff zu bekommen. Ich bin sicher, wenn Du besser schlafen könntest, hättest Du auch keine Depressionen".

Sie hatte während des Sprechens ihrer Handtasche ein Fläschchen entnommen. „Ich habe Dir etwas aus London mitgebracht".

„Was ist das"?
„Bestes reines Hanföl".
„Hey, ich dachte, die Zeiten als wir Hasch geraucht haben wären vorbei".
„Keine Sorge. Das hier macht nicht süchtig. Ich nehme es seit einiger Zeit wegen meiner Rückenschmerzen. Probier´ es aus".

Am Abend nahm sie fünf Tropfen. Sie schmeckten scheußlich, aber sie schlief wunderbar. Entsprechend besser ging es ihr am nächsten Tag. Sie haderte nicht mehr so sehr mit sich, stellte sogar das Radio an. Das hatte sie seit Wochen nicht mehr getan.

Ihr Zustand besserte sich von Tag zu Tag. Ab und zu, wenn sie etwas Trauriges las oder hörte, übermannte sie immer noch dieser nicht zu stoppende Tränenfluss, aber sie gab ihm ohne Bedauern nach. Sprach sich laut Trost zu und betonte dabei, dass Tränen eine reinigende und heilende Wirkung hätten.

Nach etwa vier Wochen schaffte sie es nach Hamburg zu fahren und Eva zu treffen. Sie hatte im Internet heraus gefunden, dass die Tropfen sehr teuer waren und wollte sich bedanken.

Für den Abend hatte sie bei Eva´s Lieblingsitaliener Plätze reserviert und anschließend noch Karten für eine Theatervorstellung im Winterhuder Fährhaus. Ein Bekannter, den sie lange nicht gesehen hatte, spielte gerade dort und hatte ihr mehrfach auf Band gesprochen, wie sehr er sich freuen würde, wenn sie käme. Alleine hätte sie sich das nie getraut, aber zusammen mit Eva konnte das schön werden.

„Glücklich steht Dir gut"!!! Mit diesen Worten empfing Eva sie überschwenglich an der Tür ihrer wunderschönen Altbauwohnung in Altona. Sie wusste nicht, was sie sagen sollte, war extra beim Friseur gewesen, hatte Rouge und Mascara aufgelegt und ein tolles Outfit gewählt, das ihre üppige Figur vorteilhaft in Szene setzte. Nach einer Weile sagte sie:

„Ich denke, ich war die letzte Zeit eine schreckliche Zumutung für alle. Du hast mich da raus geholt Eva, und dafür möchte ich mich bedanken".
Es wurde ein unvergesslicher Abend und sie schwor sich, nie wieder so tief abzustürzen.

Sie lieh sich aus der Gemeindebücherei alles was sie über Depressionen finden konnte. Sie wollte ihrem „schwarzen Loch" auf den Grund gehen.

Nach einigen Wochen hatte sie immer noch keine eindeutige Antwort auf ihr Leiden, so vielfältig konnten Ursache und Ausmaß sein. Was sie aber bestürzte war die Tatsache, dass es eine große Dunkelziffer gibt und das angeblich viel mehr Frauen als Männer betroffen sind und fast jede dritte Frau über 70 mehr als einmal darunter zu leiden hat.

„Warum wird so wenig dagegen getan? Auch von Seiten der Ärzte? Sind sie alle zu Technik- und Arzneimittel gläubig? Nehmen sie sich zu wenig Zeit? Kam in ihrer Ausbildung die Psychologie zu kurz?"

Fragen über Fragen. Aber sie wurde von Tag zu Tag kräftiger und psychisch stabiler und wollte etwas dagegen unternehmen.

WENIG SPÄTER ...

Ein munteres Stimmengewirr durchflutete ihr Wohnzimmer. Es waren fünf Frauen zwischen 60 und 86 Jahren zu ihr gekommen. Sie hatte gar nicht viel erklären müssen, wozu diese Einladung zu Tee und Keksen dienen sollte. Sie hatte nur gesagt: „Einfach zu einem Gedankenaustausch".

Und dann fing sie ganz ehrlich an zu erzählen, wie sie sich in den letzten Monaten gefühlt hatte, welche Ängste sie durchlitten und welche Arzneien sie ausprobiert hatte. Abschließend entschuldigte sie sich in aller Form für ihr unzumutbares Verhalten.

Ein Damm brach. Alle betonten, dass sie sich nicht entschuldigen müsse, dass man doch wisse, wie es um einen bestellt sein könnte und, und, und.

Jede konnte plötzlich etwas zu dem Thema beitragen. Keine nahm mehr ein Blatt vor den Mund.

Sie kam aus dem Staunen nicht heraus. Was sie an diesem Nachmittag alles erfuhr, hätte sie sich nie träumen lassen. Am Ende waren sie sich einig, dass sie alle letztendlich selbst Schuld an ihren Verletzungen hatten. Dass sie zu lange geschwiegen, zu lange sich zurück genommen hatten, dem Partner/den Freunden gegenüber nicht ehrlich waren.

Die Probleme der Frauen waren sehr unterschiedlicher Natur, aber bei keiner war es so, dass ihr Partner „den Kopf hinhielt". Immer fühlten SIE sich schuldig oder nahmen die Schuld auf sich und litten mehr oder weniger unter der Situation.

Das bedeutete aber doch unweigerlich, dass das Wort Gleichberechtigung noch lange nicht in der Partnerschaft angekommen war. Woran lag das?

Jetzt machte eine Flasche Eierlikör die Runde und die Damen wurden lauter. „Das liegt nur daran, dass die Frauen die Kinder kriegen, dann mit dem ganzen Kleinkram – Haushalt und Erziehung – allein gelassen werden und die Männer Karriere machen. Wir bleiben automatisch auf der Strecke". Ellen goss sich noch einmal nach und trank den Likör in einem Zug aus.

„So einfach ist das, glaube ich, nicht", warf Marion ein. „Mein Mann hat mich eigentlich immer unterstützt, war auch immer für die Kinder da, aber trotzdem ging unsere Liebe den Bach hinunter. Und seit er Rentner ist, interessiert er sich nur noch für seinen Angelverein. Männer werden im Alter irgendwie furchtbar bequem und langweilig".

Das erinnerte sie an Eva. Passten letztlich Männer und Frauen grundsätzlich nicht zusammen?

„Ehrlich gesagt", warf jetzt Christiane ein, „geht es mir besser, seitdem mich Werner mit seiner jungen Sekretärin betrogen hat, und ich mich scheiden ließ. Jetzt kann ich mir meine Tage nach meinen Wünschen gestalten, --- aber glücklich bin ich trotzdem nicht".

Renate hatte die ganze Zeit nur zugehört. Jetzt meinte sie: „Hoffentlich haben wir bei der Erziehung unserer Söhne alles richtig gemacht, denn ich glaube, das Verhalten unserer Männer ist noch sehr stark vom Krieg und der Nachkriegszeit geprägt. Jetzt sind die Verhältnisse anders, die Frauen emanzipierter. Bin gespannt, wie sich das alles noch entwickelt".

„Ja, Du hast Recht", warf Christiane ein. Mein Sohn ist zum Beispiel viel zu gutmütig für die heutige Zeit. Die jungen Frauen wollen einen verständnisvollen Mann, aber wenn sie sich entscheiden müssen, nehmen sie doch meist den Macho. Das heißt doch, es ist lange noch nicht alles in Balance".

„Aber besser doch, etwas zu gutmütig sein als zu grob", warf sie ein. „Der gesamte soziale Umgang droht doch rauer zu werden. Da ist es doch schön, wenn Dein Sohn nicht so ist".
„Aber er leidet darunter", antwortete Christiane. „Sowohl in der Firma als auch privat".

Sie hatten alle nicht auf die Uhr geschaut und der Nachmittag verging viel schneller als ihnen lieb war. Sie verabredeten, sich in zwei Wochen wieder zu treffen und sich von nun an, mehr gegenseitig zu unterstützen.

Beim nächsten Treffen erzählte Vera von ihrer Flussschiffahrt. Und alle bemerkten, dass sie, obwohl seit 20 Jahren Witwe, die Fröhlichste von allen war. Sie hatte irgendwie die Gabe, aus jeder Situation das Beste zu machen. Zumindest behauptete sie das. Sie hätte sich beim ersten Treffen zurück gehalten, weil sie die meisten Traurigkeiten der anderen Frauen gar nicht verstehen würde.

Sie war die Älteste und hatte ein hartes Leben hinter sich und trotzdem für alles und jeden eine Entschuldigung.

Lag es also doch an den Genen? Gab es die sonnigen Kämpfernaturen und die traurigen Losertypen? Konnte man das im Laufe des Lebens nicht selbst regulieren?

Sie hatte zumindest mit ihrer ins Leben gerufenen kleinen Frauenrunde erreicht, dass sie alle sehr aufeinander aufpassten. In ihrer kleinen Dorfgemeinschaft fühlten sie sich mehr denn je aufgehoben. Jede von ihnen bereute nicht, im Alter „aufs platte Land" gezogen zu sein. Die Vereinsamung wie in den Großstädten konnte hier nicht passieren.

Bei jedem Treffen hatten sie neuen Gesprächsstoff. Immer war einer etwas passiert, das sie in der Runde diskutierten. Sie merkten dabei auch bald, dass sie im Grunde ihres Herzen alle „ähnlich gestrickt" waren und es deshalb wohl auch so gekommen war, dass sie sich so spontan zusammen gefunden hatten.

„Glücklich steht Dir gut", wurde zu ihrem Leitsatz und zauberte ihnen immer wieder ein Lächeln ins Gesicht.

IM HERBST ...

Jetzt schwelgte sie öfter in Erinnerungen und hatte auch wieder angefangen zu schreiben. Dazu war sie lange nicht mehr fähig gewesen. Dabei tat es ihr soooo gut.

Vor Jahren hatte sie schon eine Geschichte über eine Frau angefangen, für die das Reisen Lebensinhalt bedeutete. Jetzt fand sie die Kraft, diese Geschichte fortzuschreiben und sie mit etwas Erotik zu würzen. Wie immer tat sie dies in der Ich-Form, die Holger (und viele andere Leser/innen) als so besonders authentisch empfanden.

„Letztlich ist doch unser gesamtes Leben eine Reise", dachte sie und las noch einmal ihre Geschichte, bevor sie den Mut hatte, sie zu veröffentlichen:

MANCHMAL MUSSTE ES
IMMER NOCH SEIN ...

... das Geräusch der Schienen. Längst nicht mehr so laut wie früher, nein fast lautlos. Auch das Anfahren und Bremsen, kaum spürbar.

Ich habe ihn angerufen von unterwegs. „Komme pünktlich an. 16 Uhr Gare de Lyon. Freue mich auf dich".

Natürlich steht er am Bahnsteig. Elegant gekleidet von Kopf bis Fuß. Mit Hut natürlich, und er freut sich, dass auch ich Hut trage und Handschuhe. Endlich habe ich mal wieder Gelegenheit, meine edelste Garderobe anerkennend zu tragen. Zu Hause würde ich mich damit nicht wohl fühlen, viel zu aufgedonnert. Aber hier macht es Spaß.

Auf dem kurzen Weg in seine Wohnung im 11. Arrondissement trinken wir Café au lait. (Warum schmeckt im Urlaub alles besser als zu Hause??) Für den Abend hat er schon in seinem (unserem) Lieblingsrestaurant zwei Plätze reserviert.
Paris war auch vor fast 40 Jahren unser erster (geheimer) Treffpunkt.

Beim Dinner erinnern wir uns mal wieder – nach dem zweiten Glas Champagner – an unseren Spaziergang zum Père Lachaise damals in den 70ern....

Ich hatte kurz zuvor gelesen, dass meine hochverehrte Edith Piaf (ich liebe all ihre Chansons und lernte vielleicht ihretwegen so gern Französisch), dort neben vielen anderen Berühmtheiten begraben sei, und das wollte ich mir unbedingt ansehen, zumal dieser Friedhof als der größte und schönste von ganz Paris beschrieben wurde, einem Park ähnlich.
Gesagt, getan. Wir fanden Edith und auf dem Weg zu ihr Chopin und unzählige andere bekannte Sänger,

Komponisten, Maler. Auf allen diesen Gräbern – egal wie alt – lagen frische Blumen. Daneben gab es viele Mausoleen, üppig verziert, manche wahrscheinlich teurer als ein kleines Wohnhaus.

Und dann geschah es. Wir hatten nicht auf die Uhr geschaut und plötzlich stellten wir fest: Am Ausgang waren die hohen schweren Eisentore verschlossen.

Ich weinte, sah mich schon die Nacht frierend in einem Mausoleum verbringen. Lange geschah nichts, obwohl wir immer wieder in die Nacht um Hilfe riefen. Aber dann: Hundegebell und ein Wächter, der uns murrend aufschloss. (Später lasen wir, dass viele Liebespaare mit besonderen Vorlieben tatsächlich dort übernachten. Deshalb seien die Rundgänge mit Hunden angebracht).

Jahrzehnte später amüsierten wir uns immer wieder, wenn wir daran dachten.
Überhaupt: mit Hans verbinde ich viele Dinge „zum ersten Mal" ...

Aber der Reihe nach.

DIE ALLERERSTE KREUZFAHRT

Eine neue, angeblich seriöse Begleitagentur suchte Damen und Herren für ihre Kunden. Gebildet, gut aussehend, mehrsprachig. Ich hatte mich beworben, nachdem mein kurzes Intermezzo bei einer Frankfurter Tageszeitung gescheitert war. Dort hatte ich nach dem Studium volontiert und mich unglücklicherweise in einen hübschen Redakteur verknallt. Der überraschte mich schon kurz nach unserem Kennenlernen mit dem Vorschlag, mit ihm auf eine Kreuzfahrt zu gehen, ins östliche Mittelmeer und die Ägäis.

Kreuzfahrten waren zu dieser Zeit noch äußerst selten. Er wollte darüber in der Zeitung berichten.

(Was ich erst später erfuhr war, dass er bereits mehrere Kolleginnen vor mir gefragt hatte. Diese waren aber klüger als ich und durchschauten seine Absicht: Zu zweit in einer Kabine war bedeutend preiswerter als eine Alleinbelegung).

Wir fuhren von Frankfurt mit dem Nachtzug nach Civitavecchia, nordwestlich von Rom. Damals waren die Züge noch laut und ein Schlafwagenabteil war mit zwei Betten unten (die tagsüber die Sitze waren) und zwei Betten oben ausgestattet. Zum Schlafen konnte man in der Mitte eine Art Jalousie herunterlassen als Sicht- aber keineswegs Geräuschschutz.

Paul, so hieß mein Draufgänger, verlangte die ganze Nacht nach Liebe in den unmöglichsten Stellungen und absolut geräuschlos. Auf dem Schiff ließ sein Appetit auf Sex keineswegs nach. Äußerst anstrengend, aber irgendwie auch anregend. Jedenfalls war ich am Ende der Kreuzfahrt um einiges leichter, aber innerlich hin- und hergerissen, da ich wohl ahnte, dass diese Liebelei nicht von Dauer sein würde. Die Reise hatte ich trotzdem sehr genossen.

Durch die Straße von Messina mit Blick auf den Ätna, schipperten wir nach Osten zum Peloponnes. Dort besichtigten wir mit einer Gruppe die Reste der Zeusstatue im Zeustempel von Olympia, einem der sieben Weltwunder und erfuhren viel über die Olympischen Spiele der Antike.

Irgendwie hatten mich in der Schule die „alten Griechen" nie so wirklich interessiert, aber jetzt staunte ich nicht schlecht, was diese in ihrer Blütezeit so alles hervorgebracht hatten (lange vor den Römern).

Weiter ging es zu einem längeren Stopp auf Kreta, der größten Insel Griechenlands. Wir durchstreiften Heraklion die Hauptstadt auf eigene Faust und besuchten den Palast von Knossos.

Nur zu gerne hätte Paul auch die weltberühmte Samaria Schlucht durchwandert, aber dazu reichte die Zeit nicht. Auch ohne diesen Abstecher hörten wir schon von weitem das Schiffshorn mehrfach tuten, als Zeichen, das abgelegt werden sollte. Wie noch mehrmals danach, waren wir an diesem Tag die letzten Passagiere, die wieder an Bord gingen.

Das Essen war ausgezeichnet. Wir fuhren unter russischer Flagge, aber die Besatzung bestand vor allem aus Philippinen und Malaien, der Kapitän war Grieche, wie wir an diesem Abend erfuhren.
In der Bar lernten wir Sirtaki, einen Tanz, der wenig später auch in Amerika und Europa zum Modetanz avancierte.

Am nächsten Tag erreichten wir Rhodos. Während einer Führung konnte ich wieder viel Wissenswertes erfahren. Zunächst einmal, dass sich der Name Rhodos nicht wie häufig vermutet von Rose ableitet, sondern vom neugriechischen Wort für Granatapfel einer Frucht die mir bis dato nicht bekannt war, mir seitdem aber – ob im Salat oder als Bonbon – besonders gut mundet.

Im Großmeisterpalast wurde uns die wechselvolle Geschichte der Insel näher gebracht inklusive der Kreuzzüge (auch ein Kapitel das in der Schule nicht näher beleuchtet worden war), und schließlich die Geschichte eines weiteren Weltwunders: des Koloss von Rhodos, zu Ehren des Sonnengotts Helios, dessen ursprüngliche Größe man nur erahnen kann.

Eine Fahrt zur Akropolis von Lindos schloss sich an. Bis dahin dachte ich, es gäbe nur eine Akropolis in Athen, aber der Name bedeutet schlicht Oberstadt oder im weiteren Sinne Burg und diese gab es häufig in Griechenland (ähnlich unseren Festungen auf Anhöhen).

Es folgte noch ein Badetag am feinsandigen Strand von Kos der Insel die nur vier Kilometer von der Türkei entfernt liegt.

Dann erlebten wir die pulsierende, laute Stadt Athen und natürlich dort die Akropolis. Da wir nicht mit den anderen im Bus zum Schiff zurück fuhren sondern unbedingt noch ein wenig dichter griechische Menschen in öffentlichen Verkehrsmitteln schnuppern wollten, mussten wir die letzten Meter rennen, um gerade noch rechtzeitig an Bord zu kommen.

Durch den atemberaubend engen Kanal von Korinth verließen wir die Ägäis und fuhren Richtung östliches Mittelmeer.

Korfu stand noch auf dem Programm. Irgendwie kitschig schön. Sein kulturelles Erbe spiegelt all die Jahre wieder, die es unter venezianischer, französischer und britischer Herrschaft erlebte, bevor die Insel an Griechenland fiel. Die schönste Villa auf Korfu: der Palast von Kaiserin Sisi.

Dann ging es hinüber nach Italien und von Bari mit dem Zug zurück nach Frankfurt.

Paul heimste mit seinem Bericht über die Kreuzfahrt sehr viel Lob ein, ich nichts als Häme. Sein Interesse an mir verflüchtigte sich schlagartig und deshalb (und um ihm nicht mehr täglich begegnen zu müssen), kündigte ich.

HOSTESS DER ESCORT-AGENTUR

Zum Glück hielten meine beiden schwulen Freunde mit denen ich eine WG bewohnte zu mir. (Heute würde man das eine win-win-Beziehung nennen. Schwule hatten es damals noch schwer eine Wohnung zu bekommen, aber mit mir als weiblicher Person, war es nicht so offensichtlich. Und ich fühlte mich beschützt ohne bedrängt zu werden).

Sie trösteten mich, ließen sich viel einfallen um mich von meinen trüben Gedanken abzulenken und machten mich auch auf die Anzeige von dem Escort-Begleitservice aufmerksam, der mich auch direkt engagierte.

Mit einem guten Dutzend weiterer Damen und Herren (vor allem aber Damen), wurden uns die Verhaltensmaßregeln der Firma vermittelt und die anstehenden Aufgaben näher erläutert.

Zunächst ging es um diverse Firmenjubiläen, bei denen wir als „schmückendes und unterhaltsames Beiwerk" fungieren sollten.

Die Chefetagen großer Firmen waren damals alle nur von Herren besetzt und da diese Events ausschließlich ohne Gemahls-Gattinnen geplant wurden (man wollte die Singlemänner unter ihnen nicht benachteiligen), sollte unsere Anwesenheit nicht nur ein erfreulicher Anblick sein, sondern auch schnell die Stimmung in Schwung bringen.
(Wo für manche meiner Kolleginnen der Abend endete, kann ich nicht sagen, ich für meinen Teil hielt mich zunächst an die Anweisungen unserer Agentur und beließ es bei Küsschen und Knie tätscheln).

Bei der Einweihung eines neuen Einkaufszentrums geschah es dann: ich lernte Hans kennen, und er verliebte sich in mich. Er war natürlich viel älter und verheiratet, aber er erzählte mir schon bald, dass seine Frau nach der späten Geburt der Tochter an einer sehr schmerzhaften rheumatoiden Arthritis erkrankt sei und es Tage gäbe, an denen sie ihn in ihre ständige Depression hinein zöge. Er sehne sich nach etwas Fröhlichkeit.

Irgendwie tat er mir zunächst nur leid, wie unglücklich er trotz seines vielen Geldes durchs Leben lief.

Nachdem ich ihn aber näher kennen lernte (was uns eigentlich grundsätzlich die Agentur untersagte), fing ich an, ihn sehr zu mögen. Es machte mir Spaß, uns an den unterschiedlichsten Orten der Stadt und der Umgebung zu treffen, meist auf Baustellen.

Sein Vater und Großvater hatten direkt nach dem Krieg Land erworben, das jetzt nach und nach zu Bauplätzen und für viel Geld verkauft wurde. Hans war häufig als Subunternehmer für große Bauträger tätig. Auf den Namen seiner Frau lief die Immobilienfirma, die dann die fertigen Häuser oder Wohnungen vermarktete. Er verdiente also mehrfach, ganz legal.

Eine Zeitlang blieb ich noch bei der Escort-Agentur, lernte noch einige interessante Leute kennen. Unter ihnen Werber und Designer, Banker und Nichtsnutze. Aus den Gesprächen nahm ich immer etwas mit, mit einigen hatte ich auch flüchtige Beziehungen.

Hans drängte mich aufzuhören und nur noch ganz ihm zu gehören. Mich freute seine Eifersucht.
Damals „entführte" (so nannte er es) er mich zum ersten Mal nach Paris.

Ich fuhr mit dem Nachtzug, den schnellen TGV gab es noch nicht. Mein Herz schlug mir bis zum Hals vor Aufregung und prickelnder Vorfreude.

Wir wohnten in einem Hotel, sehr alt, ein wenig herunter gekommen, aber seine Glanzzeiten konnte man immer noch am vielen Stuck, den geschwungenen Treppen, den großen Gobelins an den Wänden und echten Teppichen in den Sälen, den üppigen Vorhängen und vielen dunkelroten, inzwischen ein wenig abgegriffenen Samt bezogenen Stühlen und Chaiselongues erkennen. Unzählige Kronleuchter gaben den letzten Schliff.

Die hohen Spiegel im Marmorbad waren ein wenig blind aber ich fühlte mich wie eine Prinzessin. (Jeden Abend badete ich mit den teuren Duftzusätzen in der Wanne. Eine Wohltat, wenn man sonst nur Dusche gewohnt ist). Mit einem Hauch Parfum auf Hals, Dekolleté und Liebeshügel huschte ich dann unter die Decke, wo ich schon freudig erwartet wurde.

Wir hatten nur drei Tage, aber die waren rundherum vollgepackt, inklusive Eiffelturm und Sacré Coeur und Moulin Rouge und dem bereits erwähnten Erlebnis von Père Lachaise und einem Spaziergang an der Seine. (Noch immer besitze ich das Portrait, auf dem inzwischen leicht vergilbten Din-A-4 Papier. Ein Straßenmaler an der Seine hatte mich gemalt).

Wenn ein junges Mädchen (oder besser gesagt: eine junge Frau) niemals einen liebenden Vater hatte, dem gönne ich von Herzen einen älteren Liebhaber mit Geld. So wird sie für alle entbehrten Zärtlichkeiten entschädigt und lernt dazu sämtliche Facetten der Liebe ausschweifend, behutsam und lang ausgedehnt kennen. (Was für ein Unterschied zu dem „schnellen Paul").

Zwei Monate später folgte der erste gemeinsame längere Urlaub auf Sylt, der sich danach mehrmals zweimal im Jahr wiederholte immer im Mai und September. Und auch dort lernte ich viele Dinge zum ersten Mal kennen. Zunächst beim Liebe machen.

Er bat mich, die „Geschichte der O" zu lesen, ein 1954 erschienener erotischer Roman von Anne Desclos, die ihn unter einem Pseudonym veröffentlichte. Wegen seiner detaillierten Darstellung weiblicher Unterwerfung galt das Werk lange als ein Skandalbuch. Mich berauschte es, und da Hans alle Facetten der Liebe mit mir austestete, dabei aber äußerst liebevoll vor ging, empfand ich nichts als ungewohnte, wohltuende Befriedigung.
Danach gingen wir immer aus. Ich kleidete mich äußerst sorgsam und aufreizend und glaubte, jeder müsste sehen, wie beglückt ich gerade geworden war.

Wir schlürften Austern mit Champagner oder aßen Kaviar mit Blinis oder Röstis mit Sour Creme. Und natürlich Krabben und anderes Meeresgetier. Das wa-

ren alles Dinge, von denen ich höchsten vorher einmal gehört, sie aber nie gegessen hatte.

Danach willigte ich nur zu gerne ein. Ich wurde seine
„Mätresse" und fühlte mich wie Madame Pompadour.
(Heute kann ich nur darüber lächeln. Wie naiv ich
doch war. Aber so unbeschwert glücklich wie niemals
wieder im Leben).

DIE PENTHOUSE-WOHNUNG

Ich bezog eine wunderschöne kleine Penthouse-Wohnung mit Blick bis in den Taunus. (Wie Hans das angestellt hatte, weiß ich nicht. Die Vermarktung lief ja normalerweise über seine Frau).

Ich fing an zu kochen, zu malen, zu nähen, zu schreiben. Ich hatte keine Langeweile, obwohl ich die meiste Zeit des Tages alleine war und auch nachts. Ich wurde zur Nachteule. Nach 23 Uhr kamen mir die tollsten kreativen Ideen.

In Niederursel hatte ich ein Geschäft entdeckt, dass herrliche schwere Stoffe verkaufte für Übergardinen, Tischdecken und Kissen. Ich kaufte so viel Stoff, dass es nicht nur zur Ausstattung meiner Wohnung reichte sondern auch noch für einen Blazer und einen Rock. Mehrfach wurde ich auf mein Ensemble angesprochen und das ermutigte mich, weiter mit schönen Stoffen zu experimentieren.

Ich besorgte mir hochwertige Seide und nähte mir Hosen und Tops und wattierte Jacken, die ich beidseitig tragen konnte. Passend dazu Schals und Einstecktücher und ab und zu trug ich zur Bluse auch Krawatte. Ich hatte meinen eigenen Stil entwickelt. Hans war begeistert.

Es kostete mich gar keine Überredungskunst einen kleinen Laden zu mieten und zwei Mädchen einzustellen, die nach meinen Entwürfen schneiderten. Ich glaube, es war sogar seine Idee.

Er unterstützte mich auch bei der Dekoration des Schaufensters. Außerdem stellte er mir einen geschickten Handwerker zur Seite der mir zum Beispiel aus edlem Walnussholz Ständer baute, auf denen ich meine Stoffe drapieren konnte. Ich mochte diese fertigen, künstlichen lebensgroßen Puppen nicht, wie sie in Warenhäusern verwandt werden. Bei mir musste es in jedem Bereich „natürlich" zugehen. Es gab auch keine Plastiktüten, Plastikbecher o.ä. Die Damen tranken Tee oder Kaffee aus meinem besten Service. Und immer stand die Beratung im Vordergrund, nicht der Verkauf. Ich glaube, das schätzten die Kundinnen am meisten.

Schnell hatte sich auch bei Hans´ Klientel meine exklusive Boutique herum gesprochen. Auch seine Frau kaufte bei mir, und ich lernte seine Tochter kennen, ein verwöhntes Waldorfschulkind mit nichts als Flausen im Kopf. Aber irgendwie mochte sie mich, weil ich so viel jünger und flippiger war als ihre Mutter. Von mir ließ sie sich sogar einiges sagen, so dass ich bald ein gern gesehener Gast im Haus von Hans war.

Das bereitete mir manchmal Bauchschmerzen, aber ich nahm ja niemandem etwas weg, war auf gewisse Weise Teil der Familie und Familie hatte ich ja bis dahin nie gehabt.

Meine Kindheit war nur schrecklich, ich hatte kaum eine Erinnerung daran, beziehungsweise diese aus meinem Gedächtnis verbannt.

Und nun wieder Paris. Schon beim Durchfahren der Außenbezirke fielen mir die vielen Hochhäuser auf. Die hatte es vor 40 Jahren noch nicht gegeben. Dieses Schicksal teilt Paris mit vielen anderen Städten, dachte ich bei mir und erinnerte mich, wie wir uns beim ersten Besuch gar nicht satt sehen konnten an den vielen schönen alten Häusern mit Giebeln und Balkonen. Ganze Straßenzüge ohne Neubauten. Das kannte ich aus Frankfurt nicht.

„Hier kaufe ich mir irgendwann eine kleine Wohnung, nur für uns beide, als Liebesnest", hatte Hans damals freudestrahlend, mich fest um die Taille packend gesagt, und irgendwann hatte es sich ergeben.

Aber was war dazwischen alles geschehen, dachte ich, als wir an diesem sonnigen Tag über die Promenade Planteé schlenderten. Das ist eine Eisenbahnstrecke mitten durch Paris, die vor einigen Jahren stillgelegt und üppig bepflanzt wurde und jetzt eine zusätzliche grüne Oase mitten in der Stadt bildet. Und ich hatte sie entdeckt, in einem Zeitungsbericht. Ich war ganz stolz, Hans etwas in Paris zeigen zu können, das er noch nicht kannte.

Wir haben uns lange nicht gesehen. Er lebt schon seit einigen Jahren in der Schweiz, hat seine Frau liebevoll bis zum Schluss begleitet. Sie wurde in einer Schmerzklinik betreut und bevor ihr das restliche Leben nur noch zur Qual geworden wäre, sanft und selbstbestimmt ins Schattenreich befördert worden. Auch im Tod noch sehr hübsch anzusehen. So hatte sie es sich gewünscht, nicht schmerzverzerrt oder aufgeschwemmt wollte sie sich den Trauernden zeigen. Wie ich finde, eine absolut humane Angelegenheit, bei der es mir nicht in den Kopf geht, dass sie unbedingt politisch geregelt werden muss.

Einfluss der Kirche?? Während meiner Konfirmandenzeit war ich in unseren Pfarrer verliebt. Er brachte uns das Evangelium auf so unkonventionelle, heitere Weise näher, dass ich noch heute denke: alle Pastoren sollten eine Schauspielausbildung haben. Je lebendiger sie predigen können, je interessanter sie ihre Gottesdienste gestalten, desto mehr Zulauf haben sie.

Als ich mich später im Studium etwas näher mit Geschichte befasste, bemerkte ich, dass eigentlich alle Kriege, die jemals auf der Welt geführt wurden, ihren Ursprung in Glaubenskämpfen hatten. Das machte mir „Kirche" allgemein zuwider. Das heutzutage noch die gesamte Waffenlobby ihre Hände im Spiel hat, macht es wirklich nicht erträglicher.

Jetzt konnte Hans also getrost verreisen, wann und wie lange er wollte. Seine Tochter war gut verheiratet und kümmerte sich nicht intensiv um ihn.

Mir fiel auf, wie gepflegt er mit seinen fast 80 Jahren war. Ich wusste noch genau seinen Geburtstag, aber das Jahr war mir abhanden gekommen.
Er trug seinen Bart perfekt gestutzt und ging wohl auch regelmäßig zur Maniküre.

Zu Hause in der Schweiz hatte er sich einen kleinen Swimmingpool mit Gegenstromanlage einbauen lassen. Täglich schwimme er eine halbe Stunde und verwöhne sich dann mit Baby-Öl, erzählte er.

„Weißt Du, Liebes, meine Kosmetikerin hat mir erklärt, dass das für die alternde Haut am besten wäre ohne Parfum- und sonstige Reizstoffe". Überhaupt sei er von den teuren Kosmetikartikeln gänzlich abgekommen, sie seien völlig überflüssig. Zum Beispiel behandle er kleine Hautirritationen jetzt nur noch mit Aloe-, Argan- oder nativem Olivenöl.

„Was ist Argan-Öl", wollte ich wissen.

„Das Herkunftsland des teuren und exklusiven Arganöl ist Marokko. Gewonnen wird es aus den Samen oder Kernen der Arganfrucht, vom Arganbaum. Der aber gedeiht weltweit ausschließlich in einer begrenzten Region im Südwesten Marokkos".

„Also doch wieder seeehr exklusiv", konnte ich mir nicht verkneifen zu kommentieren. Er tätschelte meine Hand. „Ich möchte doch so lange wie möglich, ein adäquater Begleiter für dich sein, meine Schöne".

„Oh, mit der Schönheit ist es nicht mehr weit her. Schau, ich muss beim Blond meiner Haare nachhelfen und über meinem Mund und um die Augen habe ich Falten".

„Das sind höchstens Fältchen, und sie machen Dein Gesicht noch interessanter als es immer schon war".
„Und Du bist der letzte große Charmeur des 21. Jahrhunderts".

„Prost, Englein". Er stieß mit mir an.

ABNABELUNG

Wie konnte ich ihm erklären, dass ich kein Englein mehr war, ihn wirklich sehr, sehr mochte, ihm unendlich viel zu verdanken hatte, dies aber nichts mehr mit Liebe zu tun hatte. Er war der wichtigste Mensch in meinem Leben, und ich war jeden Tag dankbar, ihn getroffen zu haben. Wie schon gesagt, ich glaube nicht an den lieben Gott, aber ich glaube an Schicksal. Es sollte so sein, dass wir uns begegneten. Er sehnte sich nach Wärme und Innigkeit, ich dürstete nach Aufmerksamkeit, Anteilnahme, Selbstbewusstsein. Wir waren beide ein Geschenk für den anderen. Aber jetzt nach fast 40 Jahren???

Wir liefen eng umschlungen durch das nächtliche Paris zu seiner Wohnung. Schon bei der Ankunft hatte ich nicht schlecht gestaunt, wie liebevoll und geschmackvoll sie eingerichtet war.

„Sind nicht alles meine Ideen gewesen. Ich habe mich zum ersten Mal im Leben einer Innenarchitektin bedient. Gibt es übrigens nur noch wenige. Wäre auch für Dich ein schöner Beruf gewesen".

Ich hörte den leisen vorwurfsvollen Unterton.

Nachdem ich nach etwa zehn Jahren meine gutgehenden Boutiquen (im Laufe der Zeit hatte ich noch ein größeres Ladengeschäft an einer Einkaufsmeile erworben), an eine langjährige Mitarbeiterin verkauft hatte, war ich fast nur noch unterwegs gewesen und das „schmeckte" meinem Hans überhaupt nicht. Er merkte, dass ich dadurch „flügge" wurde, und er nicht mehr die ständige Kontrolle über mich hatte.

Er verbot mir nie wirklich etwas. Dafür war er viel zu klug. Er wusste, dass Verbote bei mir nur Aggressionen hervor gerufen hätten, aber er verstand nicht (oder wollte nicht verstehen), dass mir Dinge, wenn sie besonders gut liefen oder ich den Eindruck hatte, dass ich in dieser Richtung nichts mehr verbessern, nichts mehr dazu lernen konnte, sie mir einfach keinen Spaß mehr machten und ich mich von ihnen trennte. Ich war eben ein typischer Zwilling und er ein typischer Steinbock.

Ich hatte mich irgendwann einmal ausgiebig mit Astrologie beschäftigt, und obwohl ich nie wirklich bis ins Letzte an sie glaubte oder mein Leben nach ihr ausrichtete, so konnte man bei den Sternzeichen doch gewisse wiederkehrende Dinge bei den Menschen beobachten. Und bei Hans gab es sehr viele typische Eigenschaften (zumal er als Aszendent Jungfrau war).

Ich hatte gelesen:
Der fleißige, geduldige und realistische Steinbock kommt zur dunkelsten Zeit des Jahres auf die Welt. Aber hinter der kühlen Fassade vom Steinbock-Mann schlägt ein goldenes Herz. Kein anderes Tier im Kreis der Sternzeichen hat so große Hörner wie der Steinbock. Damit kommt er auch durch die dicksten Wände, wenn er es denn darauf anlegt. Naivität, Oberflächlichkeit und Luftschlösser sind nicht seine Welt. Als waschechtes Erdzeichen ist er Realist und hat zu allen wichtigen Themen eine feste Meinung. Selbstverständlich scheut er sich auch nicht zu sagen, was er denkt. Steinböcke leben auf dem Gipfel der Welt und lassen sich dort den frischen Wind um die Nase wehen. Stille Wasser sind tief – oder wie im Fall des Steinbocks: Hinter dicken Steinen schlummert ein Vulkan!

Genauso wie der Steinbock-Mann im Leben keine halben Sachen macht so verhält er sich auch in der Liebe. Wie fast alles im Leben betrachtet er die Liebeskunst als Herausforderung, die es zu meistern gilt. Infolgedessen wird er im Laufe seines Lebens immer besser darin.

Und wahrhaftig. Ich hatte wesentlich jüngere Männer als ihn beim Liebe machen schwächeln sehen. Er hatte mit den Jahren an Ausdauer noch zugelegt. Es war immer wieder ein Fest mit ihm.

Aber da waren die gut 20 Jahre Altersunterschied und je älter ich wurde, desto mehr musste ich darüber nachdenken.

Ich bemerkte, dass er mir jetzt viele Dinge mehrfach erzählte und böse wurde, wenn ich sanft darauf hinwies. Unzulänglichkeiten an sich selbst akzeptierte er nicht. Wenn er wirklich einmal ernsthaft krank würde, wäre er bestimmt kein einfacher Patient.

Ich hatte irgendwann einmal behauptet: die wirklich interessanten Frauen leben allein! Frauen kommen im Gegensatz zu Männern sehr gut alleine zurecht. Sie vernetzen sich frühzeitig und haben für alle Probleme Ansprechpartner. Lange Freundschaften versorgen, wenn auch nicht unbedingt mit Sex, aber mit Zärtlichkeit und Umarmungen. Und man weiß ja inzwischen, wie notwendig Körperkontakte sind. Sie beeinflussen die Gesundheit ebenso stark wie Gedanken und Gefühle.

Als ich das gelesen hatte, hätte ich am liebsten Psychoneuroimmunologie studiert und mich intensiver

damit beschäftigt, wie Gedanken auf Organe, Drüsen und Zellen wirken.
Ich bin immer noch fasziniert von dieser jungen Wissenschaft.

Dieser Ausspruch entsetzte Hans völlig. Wie viele Jahre hatte ich an seinen Worte niemals auch nur im Leisesten gezweifelt oder sie in irgendeiner Weise infrage gestellt und jetzt diese „Alleingänge"???

Es brodelte unter der Oberfläche. Schon in der ersten Nacht in Paris. Er hatte mich immer und immer wieder gefragt: „Mache ich dich glücklich? Bist du gekommen? Spürst du mich??"

Ich konnte nicht kommen. Meine Orgasmen waren nur gespielt. Ich dachte: „Wenn er mich jetzt auch noch fragt, liebst du mich? Dann werde ich ihm sagen, dass ich ihn sehr, sehr mag, aber dass das nie Liebe, sondern kindliches Verlangen, Dankbarkeit und Respekt waren".

SCHÖNE TAGE IN PARIS

Zum Glück fragte er nicht. Wir hatten herrliches Wetter und unternahmen die schönsten Dinge, die man in Paris unternehmen kann. Im Gegensatz zum ersten Mal, als uns die allgemeinen Sehenswürdigkeiten am wichtigsten waren, suchten wir die Stille der Grünanlagen auf, schauten den Männern beim Boule spielen zu und fuhren viel mit den öffentlichen Bussen bis an die Peripherie, entdeckten immer wieder architektonische Kleinode.

Uns gefiel, wie viele gut gekleidete Männer und Frauen mit Leihfahrrädern zur Arbeit fuhren. Das müsste es in allen Städten geben, dachte ich, und als könnte Hans meine Gedanken lesen, sagte er: „Ich werde beim Magistrat eine Eingabe machen. Das wäre auch für Frankfurt genial." (Er hatte immer noch die besten Beziehungen zu den Oberen der Stadt).

Es war schön, es war Mai, und wir fuhren mit dem Schiff auf der Seine, aber es war nicht wie beim ersten Mal. Ich spürte, dass unweigerlich irgendwann die Frage gestellt würde: „Hörst Du jetzt endlich auf zu arbeiten und bist immer für mich da?"

Ich machte mehrere Ansätze, um dem vorzubeugen, indem ich vorsichtig andeutete, dass ich am 20sten wieder in Frankfurt sein müsste. Ich hatte auch bereits das Bahnticket.

Am letzten Abend sah er so alt und verletzlich aus wie nie zuvor. Ich war ihm dankbar, dass er mich nicht direkt gefragt hatte. Immer wieder beteuerte ich, dass ich ihn so oft wie möglich besuchen würde, wo auch immer er wolle.

Als ich im Zug nach Frankfurt saß kam ich mir unendlich undankbar vor. Ein Freund hatte einmal zu mir gesagt: „Du hast einen fürchterlichen Dickkopf, gepaart mit Durchsetzungswillen. Für eine Frau unmöglich, das hält keiner aus!"
Irgendwie war da viel Wahres daran. Vor allem, wenn ich weiter über mein Leben nachdachte …

UNTERWEGS SEIN ALS BERUFSWUNSCH

Nach dem Verkauf der Boutiquen wusste ich genau, was ich wollte: so viel wie möglich unterwegs sein. Nur auf Reisen entwickelt man sich wirklich weiter, bekommt neue Denkanstöße.

Das Geld hatte ich gut angelegt, als Anzahlung für ein kleines Atriumhaus in einer sehr guten Wohngegend. Es ließ sich mühelos vermieten. Neben den Abzahlungen für die Kredite, konnte ich jährlich noch in Verschönerungen und Instandhaltungen investieren. In 20 Jahren war ich schuldenfrei, die Vermietung sollte dann meine Rente sein.

Ende der 80er, 90er Jahre des 20ten Jahrhunderts sprossen Kreuzfahrtreedereien nur so aus dem Boden. Ich bewarb mich bei einer mit Sitz in Hamburg als Hostess und wurde engagiert.

Meine Aufgabe bestand darin, die Passagiere zu empfangen, für alle Fragen zum Schiff zuständig zu sein und ihnen allabendlich die Ausflüge des nächsten Tages so ausführlich wie möglich zu schildern und außerdem so viele wie nur mögliche Ausflüge zu verkaufen und sie auch bei einer Tour zu begleiten.

Ich absolvierte ein 4-wöchiges Intensivtraining, bei dem ich mir alle Daten, Besonderheiten und Gepflogenheiten des Schiffes und der Reederei einverleiben musste. Ein Vorgeschmack auf die Arbeit, die mich für sechs Monate (sieben Tage die Woche und bis auf wenig Schlaf rund um die Uhr) erwartete.

Wir waren eine zusammengewürfelte Crew, verstanden uns größtenteils aber recht gut. Ich hatte mir das Privileg erkauft, nicht mit einer anderen Hostess die ohnehin kleine Kabine teilen zu müssen, sondern eine für mich alleine zu haben. Nur das Bad teilte ich. Dadurch verdiente ich nicht viel, aber wir hatten ja freies Essen und Trinken.

Meine kleine Penthouse-Wohnung vermietete ich während meiner Abwesenheit und durch die üppigen Trinkgelder, die ich auf jeder Fahrt erhielt, konnte ich sehr gut leben. Ich musste ja nicht, wie viele meiner Kollegen und Kolleginnen zu Hause eine Familie von meinem Verdienst ernähren.

Von Kiel aus (wir, die Crew hatten das Schiff bereits in Hamburg durch den Nord-Ostsee-Kanal begleitet), ging es dann los. Knapp 1.000 Personen kamen an einem Vormittag an Bord. Mir erschienen sie wie ein Bienenschwarm. Vorsorglich hatte ich mir vom Schiffsarzt zwei Aspirin geben lassen. Mein Schädel brummte gewaltig.

Aber genauso rasch wie der Spuk begonnen hatte, legte er sich auch wieder und am Nachmittag, nachdem alle ihr Sicherheitstraining absolviert hatten und es sich bei Kaffee und Kuchen gemütlich machten, schipperten wir am Laboe Ehrenmal vorbei in Richtung offene Ostsee.
Ich musste mir eine Träne verkneifen, so gerührt war ich.

Natürlich hielten noch die vielen Fragen der Passagiere zu ihren Kabinen und wie sie von wo nach wo kämen (viele hatten wirklich Orientierungsschwierigkeiten) bis zum späten Abend hin an, aber dann hatten sich doch schon die ersten im Theater versammelt, um meinen ersten Berichten bezüglich der Ausflüge am nächsten Tag in Kopenhagen zu lauschen.

Die meisten entschieden sich für die Stadtrundfahrt mit Besichtigung des Rokokoviertels und Schloss Amalienborg und zum krönenden Abschluss der

Kleinen Meerjungfrau. (Sie ist wirklich recht klein, und wenn man sich nicht auskennt, hat man sie schnell übersehen).

Einige wollten nur ins Tivoli und einige Herren nur in die Carlsberg Brauerei. Ich verkaufte gut. Es war ja auch wirklich für Jeden etwas dabei.

Ich war mit 2 Koffern angereist. In einem hatte ich meine Uniform, die an Bord vorgeschrieben war, mit Wechselwäsche und ziviler Kleidung, wenn ich mal nicht im Dienst war und im anderen hatte ich nur Bücher und Unterlagen.

Ich hatte mich so gut wie möglich vorbereitet und schon am ersten Tag (ich begleitete einen Bus für die Stadtrundfahrt), konnte ich neben den Erläuterungen der dänischen Fremdenführerin zum Beispiel kurze Märchen von Hans Christian Andersen anfügen, die bei den Gästen sehr gut ankamen.

Vom ersten Tag an führte ich Tagebuch und machte viele Fotos. Da wusste ich noch nicht, wie gut ich die Aufzeichnungen gebrauchen konnte, denn nach dem ersten 6-monatigen Aufenthalt auf See, war ich wirklich kaputt und nutzte eine längere Auszeit für ein kleines handliches Buch mit Bildern, Erklärungen und Anekdoten, den ein Verlag südlich von Frankfurt heraus gab und der bei späteren Reisen auf dieser Route bei den Gästen als Mitbringsel äußerst gefragt war.

Von Kopenhagen ging es weiter Richtung Stockholm. Einfach faszinierend, die Fahrt durch die Schären oder genauer gesagt den Schärengarten.

Stockholm ist für mich vergleichbar mit Venedig. Es soll auf 14 Inseln erbaut und mit 53 Brücken verbunden sein. Wunderschön die Gamla Stan (Altstadt) mit dem Königspalast und dem Nobel Museum. Mit den Tunnelbana (U-Bahnen) kommt man rasch durch die gesamte Stadt. Einige Stationen sind wunderschön ausgestaltet.

Die meisten Passagiere entschlossen sich aber für die Besichtigung des gerade neu eröffneten Vasa-Museums. Ein Museum eigens für das stolze Kriegsschiff, das bereits bei seiner Jungfernfahrt 1628 sank. Vermutlich hatte es zu viele Kanonen an Bord und war dadurch zu schwer.

(Beim Nachmittagstee schnappte ich viele Gespräche der Damen auf die sich darin überboten wer am besten über das Leben und die Vorlieben der königlichen Familie bescheid wusste).

Irgendwie strahlt Schweden so eine „hygge" (dänisch: Gemütlichkeit) aus, gepaart mit Weite, Gelassenheit und großstädtischem Flair, wie es mir auch schon in Dänemark aufgefallen war. „Hyggelig" wurde fortan mein Lieblingswort, wenn ich etwas Kuscheliges beschreiben will.

Und weiter ging es nach Helsinki.
(Wenn ich den Namen ausspreche, fällt mir immer der blöde alte Witz ein: wie heißt Sonnenuntergang auf Finnisch? Hel – sin - ki! Hahaha).

Hier sind die Schären kahle Felsen ohne Bewuchs, anders als in Schweden, aber nicht weniger schön.

In der Stadt faszinierten mich die vielen Designerläden. Eine Tour ist ausschließlich ihnen gewidmet, eine andere richtet ihr Augenmerk auf die unzähligen Gebäude im Jugendstil.

Ein kitschig romantischer Sonnenuntergang begleitet uns beim Verlassen des Hafens. Vor uns breitet sich der finnische Meerbusen aus, auf dessen gegenüberliegender Seite uns St. Petersburg mit seinen goldenen Kuppeln erwartet.

Und da wurde es zum ersten Mal wirklich anstrengend. Es gab eine solche Fülle an Sehenswürdigkeiten in der Stadt, dass mein Vortrag fast zwei Stunden dauerte. Und danach kamen Fragen über Fragen.

Zu allem Überfluss funktionierte die Verbindung zu der deutschsprechenden Reiseleiterin nicht. Sie war kurzfristig erkrankt. Bis dahin hatte ich mir keine Gedanken darüber gemacht, wie schwierig es sein kann, Eintrittskarten für die Eremitage zu ordern, ohne dass die Busladung stundenlang anstehen muss. Ich kam mit meinen Englisch- und Französisch-Kenntnissen keinen Schritt vorwärts. Am Ende beschlossen wir diese Tour zu canceln und uns mit dem erhebenden Anblick von der Meerseite aus zu begnügen und noch ein zweites Mal vom Ausflugsdampfer aus, der uns auf der Newa durch die Stadt schipperte.

Ein wirklich herrliches Vergnügen. Die historische Innenstadt (insgesamt Weltkulturerbe) mit ihren über 2000 Prunkbauten breitete sich majestätisch am Ufer vor uns aus. Man konnte förmlich fühlen, dass die von Peter dem Großen 1703 gegründete Stadt an der Mündung der Newa, zwei Jahrhunderte lang die Hauptstadt des Zarenreiches war.

Genauso genossen wir am Nachmittag die kurze Bahnfahrt zum Katharinenpalast, der Sommerresidenz der Zaren mit seiner weitläufigen Parklandschaft. Die untergehende Sonne tauchte das Schloss in so ein weiches Licht, dass man sich gut vorstellen konnte, dass der Zarenfamilie diese Umgebung noch besser gefiel als die gestrenge Eremitage. (Das Bernsteinzimmer war zu dieser Zeit noch nicht eröffnet).

Eine andere Gruppe hatte nach der Schifffahrt den Jussupow-Palast auf dem Programm. Ein wunderschönes Gebäude, mitten in der Stadt mit einem Privattheater.

Um 19 Uhr sollten wir Richtung Tallin ablegen, aber eine Person fehlte. Jeder musste sich, wenn er von Bord ging ausweisen und genauso auch wieder bei seiner Rückkehr. So behielt man den Überblick.

Das jemand fehlte, diese Situation war neu, und wir waren ziemlich hilflos. Ich befragte alle Leute aus ihrem Umfeld. Es handelte sich um eine junge Frau, die mit ihren Eltern unterwegs war. Sie erzählten, dass sie gemeinsam den Jussupow-Palast besichtigt hätten. Ihre Tochter hätte dann mit einer Gruppe zu Fuß zum Schiff zurück laufen wollen. Sie selbst wären mit dem Begleitbus zurück gefahren.

Während wir noch wie die aufgeschreckten Hühner an Deck hin und her liefen, sah ich von weitem eine Person winkend auf das Schiff zu gerannt kommen. Große Erleichterung.

Später berichtete die Tochter – immer noch sichtlich aufgelöst –, dass sie sich auf dem Rückweg von der Toilette im Palast verlaufen hätte und einem jungen Mann begegnet wäre der englisch sprach und zum Theater gehörte. Da sie selbst einmal Schauspielerin werden wollte, hätte sie sich so angeregt mit ihm unterhalten, dass sie gar nicht gemerkt hätte, wie spät es schon war.

Die ganze Aufregung war ihr sehr unangenehm, aber gleichzeitig glühten ihre Wangen vor Begeisterung, als sie erzählte, was sie von dem jungen Mann alles erfahren hatte.

Was für ereignisreiche Tage. An diesem Abend merkte ich, dass ich voller Adrenalin war, ständig in Anspannung. Das würde sich bei der nächsten Tour sicherlich legen, dachte ich, aber so schnell legte es sich nicht. Jede Tour hatte ihre Eigenheiten, so schnell lernt man nicht aus.

Nachdem die Dänen, dann die Schweden und zuletzt Russland über Estland geherrscht hatten, waren wir das erste Kreuzfahrtschiff, das die kleine Hauptstadt Tallin (früher Reval), der seit 1991 unabhängigen Republik anfuhren. Entsprechend bescheiden fiel das Ausflugsprogramm aus.

Vom Hafen fuhren wir mit dem Bus bis zur kopfsteingepflasterten Altstadt und liefen von da aus zum Domberg, der von einer gut erhaltenen Stadtmauer umschlossen ist.

Die vielen kleinen teils liebevoll improvisierten Cafés fielen auf. Sehr viele, sehr nette junge Leute begegneten uns und dazwischen solche Kleinode wie die Ratsapotheke, die älteste Apotheke Europas, die heute noch in Betrieb ist. (Inzwischen lockt Tallin als Kulturhauptstadt mit einem reichhaltigen Kulturprogramm).

Am Abend hielt ich noch eine letzte kurze Zusammenfassung der Reise mit dem Hinweis, dass auf dem Hauptdeck eine Vielzahl schöner Fotos der Passagiere zum Verkauf auslägen.

Mir taten die Füße weh. Ich freute mich, einmal früher ins Bett zu kommen. Am nächsten Morgen erreichten wir Kiel und verabschiedeten die Gäste.

Der Crew blieb nur der eine Tag, um wieder alles für die nächste Tour vorzubereiten.

Ich schlenderte ein wenig durch Kiel und blieb dann lange im Schiffercafé im schönen Holtenau sitzen. Von hier hat man einen atemberaubenden Blick auf

den Nord-Ostseekanal und kann hautnah die ein-
und ausfahrenden Schiffe beobachten.

Ich war glücklich und zufrieden über meine berufli-
che Entscheidung. Sicher war auch diese nicht für alle
Ewigkeit, aber ich lebte immer im Moment und für
diesen Moment fühlte sie sich gut an.

UNTERWEGS RICHTUNG NORDEN

Vom Café aus erreichte ich endlich einmal Hans. Von unterwegs hatte ich es mehrfach versucht, aber 1991 war es mit dem Telefonieren im Ausland noch lange nicht so einfach wie heute.

Seine Stimme klang traurig. „Wann bist du wieder in Frankfurt?" „Anfang Oktober. Erst noch vier Monate die Nordkap-Tour. Zum Abschluss noch zwei Mal Ostsee. Dann bin ich aber den ganzen Winter zu Hause." Meine freudestrahlenden Kurzberichte der ersten Reise konnten ihn nicht aufmuntern.

Am nächsten Morgen das gleiche Gewimmel der ankommenden Gäste wie eine Woche zuvor. Aber ich reagierte schon etwas gelassener. Außerdem kannte ich inzwischen das Schiff wie meine Westentasche, was vieles leichter machte.

Die Gäste hatten auch die Möglichkeit das Schiff in Ruhe kennen zu lernen, denn wir fuhren am Nachmittag los und legten erst am übernächsten Tag zum ersten Mal an.

In Hellesylt konnte man entweder zu Fuß oder bequemer per Bus auf den Dalsnibba Berg hinauf, und von dort oben den weltweit bekannten Geiranger-Fjord bewundern. Bei dem traumhaften Wetter, das wir glücklicherweise hatten, entlockten wir unzählige „Aahs" und „Oohs" den Gästen.

Auch am nächsten Tag gab es noch einmal Gelegenheit, sich im Fitness-Raum oder dem großzügigen Spa an Bord zu tummeln, bevor es von Honningsvag aus mit dem Bus zum nördlichsten Punkt Europas ging, dem Nordkap.

Vor dem Eingang zur Nordlandhalle wird man von einem riesigen Troll empfangen. Neben vielen interessanten Informationen, fehlt natürlich auch ein überdimensionaler Souvenirladen nicht.

In Tromsö lockte das Museum Polaria und die berühmte Eismeerkathedrale, bevor uns ein Abstecher auf die Lofoten mit der Stockfischproduktion vertraut machte. Die einzelnen oft nur winzigen Inseln sind alle mit Brücken verbunden. Die Landschaft wirkt wie aus einem Bilderbuch von Astrid Lindgren mit seinen Häuschen in Falunrot auch Schwedenrot genannt. Falun ist eine Stadt nordwestlich von Stockholm. Hier wurde seit dem Mittelalter Kupfererz abgebaut. Aus seinen Abfallstoffen entsteht die rote Farbe, die haltbarer ist als alle anderen Anstriche.

Die nächste Station war Trondheim mit seiner eindrucksvollen gotischen Kirche aus dem 11. Jahrhundert. Diese Reise entwickelte sich für mich viel entspannter als die Ostseetour. Es gibt nicht an jedem Anlegepunkt so viele Ausflugs-Möglichkeiten wie in den Hauptstädten Skandinaviens.

Das Wetter war traumhaft und die Gäste sehr zufrieden. Es blieb sogar Zeit für einen kleinen Shoppingausflug mit meinem neuen Liebhaber. Hinnerk – über seinen Vornamen habe ich mich zunächst ein klein bisschen lustig gemacht – ist einer der Köche auf unserem Schiff. Ein blonder, in sich ruhender Nordfriese, den nichts so schnell aus der Ruhe bringt. Er wirkte auf mich überaus anständig und beruhigend. Ein Fels in der Brandung, wenn ich drohte nervös zu werden.

Ich konnte gar nicht anders, ich musste mich in seine Art verlieben. Er half mir oft über viele Anfangsschwierigkeiten hinweg.

Er freute sich über meine Einzelkabine, in der wir uns in der wenigen freien Zeit die uns blieb, nach Herzenslust lieben konnten. Seine Kollegen beneideten ihn, denn sie mussten sich immer mit den anderen abstimmen, wenn sie mal ein Schäferstündchen haben wollten.

Hinnerk fuhr schon seit zwei Jahren zur See. Er war bereits im Indischen Ozean und der Karibik unterwegs gewesen. Er stammte aus Schleswig, einem schönen Ort an der Schlei, nördlich von Kiel und konnte herrlich amüsant erzählen. Ich mochte ihn – oder ehrlich gesagt – liebte ihn.

In Andalsnes begleitete ich die Gruppe auf der landschaftlich wunderschönen Fahrt mit der Raumabahn am Fluss Rauma entlang mit tollen Ausblicken auf die senkrechten Felswände des Trollvegen.

Am nächsten Tag erreichten wir Bergen. Ich freute mich nicht nur auf den traditionellen Fischmarkt und die pittoresken bunten Häuserzeilen, sondern besonders auf Troldhaugen, dem Haus von Edvard Grieg, wo er 22 Jahre gelebt und komponiert hat. Eine exklusive einstündige Darbietung einer Konzertpianistin, die seine bekanntesten Lieder spielte, war für mich der Höhepunkt der Reise.

Ich hatte selbst viele Jahre auf ein Klavier gespart und mein Lehrer machte mich schon früh mit Grieg vertraut. Leider habe ich zu wenig geübt, als dass ich es jemals zu einem halbwegs anständigen Spiel geschafft hätte. Aus Frustration verkaufte ich später mein heiß geliebtes Klavier.

Noch einmal gab es einen Erholungstag auf See, bevor wir wieder in Kiel eintrafen. Am letzten Abend verkaufte ich sehr viel mehr Erinnerungsfotos an die Passagiere als bei der Ostseetour. Und auch die nächsten Fahrten wurden ein voller Erfolg, obwohl häufig das Wetter nicht mitspielte. Ich liebte die Landschaft immer mehr, viel mehr als die großen Städte.

ZU HAUSE IN FRANKFURT

Als ich endlich wieder in meiner Wohnung in Frankfurt angekommen war, wachte ich zunächst häufig morgens auf ohne zu wissen, wo ich mich befand. Auch war es komisch, glatten Boden unter den Füßen zu haben, der kein bisschen schwankte. Ich war unendlich müde und konnte mich nur schwer aufraffen, alte Freunde und Bekannte und Hans zu treffen. Außerdem vermisste ich Hinnerk.

Irgendwann begann ich dann die vielen Fotos zu ordnen und meine Tagebucheintragungen zu den kleinen Bildbänden zusammen zu stellen. Freudig schenkte ich den ersten Hans, der fand ihn auch sehr hübsch und lobte mich, aber er nahm mir meine lange Abwesenheit immer noch sehr übel. Erst als sich wieder eine gewisse Gewohnheit eingestellt hatte, wurde er zufriedener.

Bald wusste ich alles über seine neuen Bauvorhaben und seine Familie. Ich fand auch heraus, dass seine junge Mitarbeiterin, die viele der Arbeiten, die ich früher für ihn erledigt hatte, ein Verhältnis mit ihm hatte. Natürlich stritt er es ab und da ich selbst ein schlechtes Gewissen hatte, bohrte ich auch nicht weiter nach. Im Gegenteil, in meinem Innersten war es mir nur recht – wobei er echt oder gespielt – den lange Vernachlässigten mimte.

An Weihnachten packte mich eine solche Sehnsucht nach Hinnerk, dass ich kurzentschlossen nach Hamburg flog, mir dort einen Mietwagen nahm und über die A7 nach Schleswig fuhr. Er hatte mir einmal erzählt, er würde direkt am St. Petri Dom wohnen und jeden Morgen vom Glockengeläut geweckt werden. Das wäre nichts für mich, hatte ich mir damals gedacht, aber das Haus müsste ja theoretisch leicht zu finden sein, dachte ich jetzt auf der Fahrt. Diese zog sich länger als ich einkalkuliert hatte. Es gab jede Menge Baustellen.

Am schönen Schloss Gottorf vorbei folgte ich den Schildern Richtung Dom. Davor ein großer freier Platz. Wo sollte ich anfangen zu suchen. Ich ging in eine Telefonzelle (ja, so etwas gab es damals noch) und suchte nach seinem Namen. Schnell war die Festnetz- und Hausnummer gefunden. Als ich gerade den Hörer abnahm und wählen wollte sah ich, wie Hinnerk - ein kleines Kind an der Hand -auf ein Haus zuging. Mir wurde schwindelig. Wir hatten nie darüber gesprochen, ob wir Single seien oder nicht, ich hatte es einfach angenommen.

Jetzt konnte ich auch sehen, wie eine junge Frau die Haustür aufmachte und die beiden liebevoll begrüßte. Was sollte ich tun?

Ich setzte mich erst einmal ins Auto und atmete tief durch. Dann nahm ich mir ein Herz und ging wieder in die Telefonzelle, wählte und hatte Glück, dass Hinnerk direkt am Telefon war.

„Hallo?"
„Hallo, ich bin es. Wie geht es Dir?"
„Danke gut. Wie kommst Du an meine Nummer?"
Ich schwieg.
„Hallo, bist Du noch dran?"
„Ja, ich bin in Schleswig. Ich wollte Dich besuchen."
„Ähm, das ist keine gute Idee. Können wir uns treffen? Um 19 Uhr im Wikingturm im Restaurant?"
„Du meinst den achteckigen Turm über dem Yachthafen?"
„Ja. O.K? Bis dann."

Ich suchte mir ein Hotel und spazierte ein wenig durch die hübsch dekorierte Stadt. Dann fuhr ich zum Turm. Mit dem Aufzug gelangt man direkt ins Restaurant und hat aus etwa 100 m Höhe einen schönen Rundumblick.
Ich hatte nur Augen für Hinnerk, der mich an einem Zweiertisch erwartete.

„Wie kommst Du denn auf die verrückte Idee?" empfing er mich anstatt einer Begrüßung.
„Ich hatte einfach Sehnsucht nach Dir" sagte ich ehrlich.
„Wir haben nie darüber gesprochen, aber ich bin verheiratet und habe eine Tochter. Meine Frau kenne ich schon aus der Schulzeit. Ich würde sie nie verlassen."

Das war typisch Hinnerk. Gar nicht lange drum herum reden. Das mochte ich so an ihm.
Es wurde sogar noch ein richtig netter Abend. Das Essen war gut und nach zwei Bier plus Köm (Schnaps) merkte ich, dass wir immer gute Freunde bleiben würden.

Er gab mir noch ein paar Tipps, was es Sehenswertes in der näheren Umgebung gäbe. Schloss Gottorf sah ich mir am anderen Tag näher an und Haithabu das Wikinger Museum an dem die Ausgrabungen der ehemaligen Siedlung (aus dem 9. Jahrhundert) noch immer anhalten. Beeindruckend.

Wieder in Frankfurt hatte ich jetzt auch die Kraft und den Wunsch, meinen Freunden von meinen Kreuzfahrten zu berichten. Viele beneideten mich.

Bei einigen Frauen bemerkte ich nicht nur Angst vor Schifffahrten allgemein, sondern auch, dass sie ihre Heirat – und meine früheren Freundinnen waren inzwischen alle verheiratet - in erster Linie als Versorgung ansahen. Großzügig sahen sie über Fehltritte ihrer Männern hinweg, Hauptsache sie blieben zusammen. Ein „Sicherheitsdenken" für das ich überhaupt kein Verständnis empfand.

Ein solches Leben war mir noch nie in den Sinn gekommen. Ich stellte fest, dass mich einige Pärchen nicht mehr einluden. Die Frauen hatten wohl unterschwellig Angst, ich könnte mich an ihre Männer heran machen. Aber diese interessierten mich wirklich nicht. Mein süßes Geheimnis „Hans" behielt ich natürlich weiter für mich und meine Episode „Hinnerk" auch.

IN DER KARIBIK

Im neuen Jahr heuerte ich bei einer amerikanischen
Linie an. Ich hatte einen Flug nach Tampa in Flori-
da gewonnen, schaute mir dort die Westküste an
und natürlich in Saint Petersburg das Dali Museum.
Ein Fluggast hatte davon geschwärmt. Ich dachte zunächst, er hätte mich auf den Arm genommen, aber
Saint Petersburg bei Tampa gab es tatsächlich wie viele andere deutsche oder europäische Städtenamen in
den gesamten USA.

Von Tampa flog ich nach Miami, dort startete die Ka-
ribik-Kreuzfahrt für die ich eingeteilt war. Miami war
größer als ich dachte. Ich übernachtete ganz im Norden kurz vor Hollywood (ja auch das gibt es hier). Ich
wollte mir unbedingt den Yachthafen von Fort Lauder-
dale ansehen. So viele teure Yachten hatte ich noch nie
gesehen. Dann fuhr ich hinunter nach Key West und

war endlos unterwegs. Ich dachte die Keys enden nie. Traumhaft schöne Häuser und Strände. Gegen Abend saß ich dann endlich in der Lieblingsbar von Ernest Hemingway und genehmigte mir einen Cuba Libre.

In Down Town Miami aß ich am anderen Tag die knusprigsten Krokodil Nuggets. Nirgendwo sonst habe ich dieses leckere Fleisch, das wie zartes Hühnchen schmeckt, bekommen.
Dann begab ich mich am riesigen Port of Miami auf die Suche nach „meinem" Schiff.

Es war ein riesiger Pott für über 2.000 Passagiere. Ich war eine von mehreren Hundert Mitarbeitern die sich um ihr Wohl kümmerten. Keine Extrawurst bezüglich Kabine. Ich war mit zwei Philippininnen zusammen und als einfache Animateurin angestellt.

Alles war größer als ich es bis dahin kennen gelernt hatte. Die Mall mit unzähligen Geschäften, das Casino mit vielen Spieltischen und Einarmigen Banditen, die Restaurants, Salons, die Innen- und Außenpools, das Theater. Es war unglaublich laut und bunt. Ich wusste gleich: hier bleibe ich nur für eine Fahrt.

Es gab eine Chef-Animateurin. Sie teilte uns jeden Abend mit, wer für was zuständig war. Das ging von der Bordzeitung über Auflockerungsübungen am

Morgen bis zur Begleitung bei den Ausflügen für Menschen mit Behinderung. Vom Bingo-Spiel am Nachmittag und Assistenz im Casino bis in die tiefe Nacht.

Von Cozumel (Mexiko), einer kleinen Insel südlich von Cancún auf der Halbinsel Yucatán gelegen, ging es nach den Cayman Inseln mit glasklarem Wasser und den größten Seesternen, die ich je gesehen habe, weiter nach Jamaica.

In Ocho Rios, wo ich gerade noch die Wasserfälle bewundert hatte, wurde ich von einem Tier gestochen, das einer Hornisse ähnlich sah. Ich versuchte es sofort mit Kühlen, wechselte ständig in der Nacht die Icepacks. Aber am nächsten Morgen war mein Unterarm so dick, dass ich zum Bord-Arzt ging. Er gab mir eine Spritze und Salbe, die ich mehrmals täglich auftrug. Noch heute kann ich den Einstich fühlen. Es hat Wochen gedauert, bis der Arm wieder „normal" war. Wie das Tier hieß, das mich gestochen hatte, weiß ich bis heute nicht.

Nach einer Woche war der „Kreuzfahrt-Spuk" (so nannte ich es hinterher) vorbei. Ich ging zur Reederei und sagte, dass ich aufgrund der Verletzung nicht weiter arbeiten könnte. Da man sowieso nur die Zeit bezahlt bekommt, die man an Bord arbeitet, kam ich sofort aus dem Vertrag. Krankenversichert ist man nur an Bord. Hätte ich einen Ausfall geltend machen wollen, hätte ich tausend Formulare beantragen müssen. Dazu war ich zu faul.

Ein preiswerter Rückflug ging erst in ein paar Tagen. Deshalb schaute ich mich noch etwas in Miami um.

Ich fuhr stundenlang mit dem Metromover einer Hochbahn, die in der Innenstadt von Miami verkehrt und kostenlos ist. Die Stadt schläft nie. Einkaufen kann man fast rund um die Uhr, essen gehen auch.

Auf einer Everglades Airboat-Tour kam ich den Alligatoren ganz nahe. Es war ein beeindruckendes Erlebnis mit dem Luftkissenboot durch die Sumpflandschaft zu schippern. Die Mangroven mit ihren Luftwurzeln hatten es mir angetan.

Auf dem Rückflug lernte ich Dieter kennen, einen Deutschen der schon lange in den USA lebte und dort Versicherungen verkaufte. Mir wollte er auch gleich eine andrehen, aber ich blieb standhaft, obwohl ich sagen muss, dass er über eine exzellente Rhetorik verfügte.

Wir gingen ein paarmal zusammen aus. Er liebte meinen Busen. „Annabelle" und „Mirabelle" taufte er meine Brüste, aber mir gefiel seine Oberflächlichkeit nicht.

Außer über Versicherungen konnte man nicht ernsthaft mit ihm reden, deshalb sagte ich ihm bald Adieu.

Nach einer kurzen Erholungsphase heuerte ich wieder bei der ersten Reederei an und freute mich auf die bekannten Touren „Rund um die Ostsee" und „Norwegen bis zum Nordkap". Noch einmal verbrachte ich viele Nächte mit Hinnerk. Doch dann schob sich unweigerlich mein Zwilling-Sternbild immer heftiger in meine gewohnten Bahnen.

Ein neues Schiff der Reederei hatte jetzt eine weitere Nordroute im Angebot. Dabei ging es über Schottland und Irland, Island bis nach Grönland. Das wollte ich kennen lernen.

GINSTERBLÜTE IN SCHOTTLAND

Endloses Gelb soweit das Auge reicht. Die meisten Kreuzfahrer haben von Edinburgh aus einen Tagesausflug zu einer Whiskey-Destillerie gebucht. Aaas und Oooos raunen durch den Bus beim Anblick der weitläufigen Ginsterblüte. Dieses Gelb lässt das Grün der Weiden grüner und das Hellgrau der meisten Feldsteinhäuser auf dem Land lieblicher erscheinen.

Die Whiskeyverkostung war ausgesprochen wohltuend und tröstete viele über den faden anschließenden Lunch hinweg, der zum Ausflug dazu gehörte. (Wenn die Schotten wüssten, wie schmackhaft und preiswert sie in Deutschland essen gehen könnten... Es kämen ganz viele zu uns).

Ein Steward verriet mir, dass im nächsten Jahr die Royal Yacht Britannia (die königliche Yacht von Queen

Elizabeth II.) im Hafen von Edinburgh für immer vor Anker gehen und dann wahrscheinlich die größte Attraktion Schottlands werden würde.

Ein paar Dudelsackspieler wurden zum Abschied ein beliebtes Fotomotiv. Alle hofften auf einen Windstoß, der einen Blick unter die Schottenröcke gewährt, aber er blieb aus.

Auf den Färöer Inseln (insgesamt 18) lohnte sich in jedem Fall die Bustour. Die Landschaft ist einfach atemberaubend. Die Inseln sind mit Brücken oder Tunneln verbunden. Gerne wäre ich länger geblieben.
Das Grün der Wiesen wird nur von den vielen Schafen unterbrochen. Bestimmt gibt es davon viel mehr als Menschen.

Der nächste Stopp war bereits Island. Die meist roten Dächer auf den Häusern fallen mir auf. Die Häuser stehen häufig geduckt in der Landschaft, die wirklich imposant ist. Erst beim Näherkommen wird uns bewusst, wie dünn die Erdkruste in dieser Region ist. Unter unseren Schuhen brodelt die Erde und alle paar Minuten spuckt sie heißes Wasser und Wasserdampf. Wir wandern im Vatnajökull Nationalpark. Die baumlose, herbe Schönheit der Landschaft verzaubert uns. Wer bislang nicht an Elfen und Trolle geglaubt hat, tut es spätestens jetzt.

Unsere Reederei war so klug rechtzeitig Eintrittskarten für die Blaue Lagune zu ordern. Dieses Thermalfreibad, in der Nähe von Reykjavik, dessen Besuch als Höhepunkt der Reise angekündigt wurde, überzeugte alle Teilnehmer.

1976 beim Bau eines Geothermalkraftwerks entstanden, ist sie eine unglaubliche Wohltat bei vielen Leiden. Im 39 Grad warmen Wasser möchte man am liebsten endlos dahin treiben.

Auf dem Weg zu Grönlands Hauptstadt Nuuk haben wir bestes Fotowetter. Die immer öfter im Meer auftauchenden kleinen Eisberge glitzern in den unterschiedlichsten Farbtönen von milchig-weiß bis fast durchschimmernd silber-grau. Bei Dunkelheit wirken sie furchteinflößend, aber unser Kapitän beruhigt in seinem unnachahmlich netten Deutsch mit dänischem Akzent, dass unser Schiff jegliche Eisberge rechtzeitig erkennen und ihnen ausweichen könnte. (Hieß es von der Titanic nicht auch, sie sei unsinkbar??) Er war aber auch so nett und machte uns auf jeden Wal aufmerksam, der in der Nähe unseres Schiffes schwamm und nach jedem Tauchgang seine Atemluft als Nebelfontäne mit hohem Druck ausstieß. (Ich hatte bis dahin immer gedacht, es sei Wasser was ein Wal ausstößt). Für viele Reisende war dies das schönste Erlebnis der Reise.

Die Ausflüge auf Grönland waren nicht annähernd so spektakulär wie die voran gegangenen. Einmal bekamen wir tatsächlich einen Eisbär zu Gesicht, aber die Berichte über seinen immer kleiner werdenden Lebensraum machten uns sehr nachdenklich.

Für mich war es eine relativ entspannte Kreuzfahrt, denn die Teilnehmer, die diese Fahrt gebucht hatten, waren viel mehr an der Natur interessiert und weniger anstrengend. Sie wollten etwas erleben und nicht nur konsumieren. Während der Seetage bis Irland, gab es Gelegenheit für viele interessante und anregende Gespräche. Dafür liebte ich meinen Job.

Das satte Grün von Irlands Weiden, die meist von kleinen Natursteinmauern umgeben sind, entschädigten für die raue Landschaft Grönlands. Die Pubs mit dem süffigen Guinness waren gefragt und die pittoresken Orte mit den unendlich liebevoll gestalteten bunten Haustüren.

Diese Fahrt begleitete ich noch einige Male. Sie war mir vom Charakter her die liebste.

HANS

Ich freute mich wieder in meiner Wohnung in Frankfurt zu sein, und ich lernte die Freundschaft von Hans neu zu schätzen. Er verwöhnte mich, ging mit mir in die Kleinmarkthalle einkaufen, zeigte mir immer neue schöne Ecken von Frankfurt, die ich bis dahin nicht entdeckt hatte.
Immer am letzten Samstag eines Monats war der Eintritt in vielen Museen frei. Ich nutzte dieses Angebot.

Auch von der Karibik- und Grönlandfahrt stellte ich je einen kleinen Band mit Fotos und Geschichten zusammen. Es war nicht viel was am Verkauf der Bücher hängen blieb, aber ich freute mich immer wieder, wenn ich es im Schaufenster eines Buchladens entdeckte.

Hans riet mir doch noch weiter zu studieren, er würde es mir finanzieren. Aber dazu hatte ich keine Lust.

Um nicht von ihm abhängig zu sein, jobbte ich aushilfsweise in den Boutiquen, die früher einmal mir gehört hatten. Kundinnen zu beraten, machte mir immer noch großen Spaß.

Im Mai und September durfte ich Hans wieder auf Sylt besuchen. Wir machten lange Spaziergänge. Ich merkte, wie gut mir die Luft tat.
Wir fuhren mit dem Schiff nach Helgoland. Unterwegs konnten wir einige Robben beobachten, die sich auf Sandbänken aalten.

Die Lange Anna ist an vielen Stellen gar nicht mehr rot. So unzählig viele Vögel haben im Laufe der Jahre ihre Ausscheidungen auf dem Stein hinterlassen, dass sie mehr grau-weiß als rot ist, aber immer noch sehr imposant.

Auch Föhr und Amrum besuchten wir und die Hallig Hooge. Dort gab es einen Film über die großen Sturmfluten. Ich schaute wie gebannt. Ich bewunderte die Hallig Bewohner, wie sie immer wieder der Natur trotzten.

Apropos Natur: ich konnte stundenlang am Deich sitzen und auf die Nordsee schauen. Wie vielfältig, vielfarbig und beruhigend sie sich auf meine Seele auswirkte. Ich spürte, dass ich eine ganz große Liebe zu

Schleswig Holstein entwickelte und dachte oft wehmütig an Hinnerk. So einen Mann hätte ich mir gewünscht.

Hans war glücklich, dass wir so viel Zeit miteinander verbringen konnten, doch dann fing es an, seiner Frau immer schlechter zu gehen. Er brachte sie in die Schweiz und kümmerte sich um sie.

DIE LIEBE ZUM FAHRRAD

Auf Sylt hatten wir uns mehrfach Fahrräder geliehen.
Gegen den Wind anzukämpfen war gar nicht so leicht.
Irgendwie kam er immer aus der falschen Richtung.
Aber das gab Muskeln.

Wieder zu Hause las ich, dass sich ein Touristikunter-
nehmer ganz auf Radreisen spezialisiert hatte. Das
interessierte mich. Ich buchte eine Fahrt unter dem
Motto: Schlösser der Loire.
Mit dem Bus ging es bis nach Orleans. Dort wurden
die Räder verteilt.

Wir fuhren auf kleinen Nebenstraßen an der Loire
entlang in Richtung Tour. Anfang Oktober erwies sich
als perfektes Radel-Wetter. Besonders stolz machte
uns, dass wir mehrmals vor den Touristen-Bussen, die
dieselbe Route gewählt hatten, an den Eintrittskassen

der Schlösser ankamen. Viele von ihnen sind umgeben von weitläufigen Parkanlagen, die wir per Rad befahren durften aber per Bus natürlich nicht. Diese Touristen mussten die Wege bis zum Schloss zu Fuß absolvieren. Das machte uns schneller.

Auf unserem Weg lagen Chambord, Blois, Cheverny und Amboise sowie Chenonceau, Azay-le-Rideau und Villandry.

Aber viel mehr als die Pracht der Schlösser und Gärten beeindruckten mich die unzähligen pikanten Geschichten, die mit dem jeweiligen Bau zusammen hingen. Welche Intrigen wurden hier gesponnen, wie viele Köpfe mussten rollen. Aufregender als jeder Krimi, kamen mir die Lebensgeschichten dieser Bewohner vor, die ich alle verschlang.

Nach dieser traumhaften Reise war mir klar, dass ich mich auf ein paar Routen spezialisieren und selbst kleine Radgruppen führen möchte. Die Verbindung zwischen Bewegung und Kultur schien mir das i-Tüpfelchen meiner Reiselust.

Gesagt, getan. In der Folgezeit begleitete ich Gruppen in die Camargue und nach Südengland. Natürlich gab es auch hierbei ab und zu Schwierigkeiten. Ich musste mich ja immer nach dem schwächsten Glied der

Gruppe richten, und manchmal war es einfach ärgerlich, wie sich die Teilnehmer überschätzten und dann alle anderen aufhielten. Aber im Grunde machte mir diese Tätigkeit den allermeisten Spaß.

Apropos Spaß: Wenn ich darüber nachdenke, habe ich mein Leben lang nur das gemacht, was mir Spaß machte. Dafür bin ich unendlich dankbar. Ich möchte gar nicht an die Millionen Menschen denken, die 40 Jahre oder länger einer Tätigkeit nachgehen, die ihnen zwar Geld aber keine Befriedigung und Glück einbringen, die alles was ihnen Spaß machen könnte auf „später" verschieben.

Arme Menschen. Später kann man das dann oft gesundheitlich nicht mehr oder macht es aus Bequemlichkeit sowieso nicht.

Zugegeben, meiner ausgiebigen Reiselust zu frönen war nur möglich, weil ich Single und unabhängig war. Ohne Hans hätte ich sie mir nicht leisten können.
Jetzt dachte ich auch immer öfter darüber nach, dass ich nie in den Genuss einer Schwangerschaft gekommen war. Einige meiner ehemaligen Freundinnen waren schon Oma. Ihre Gedanken kreisten fast nur um die Familie. Da konnte ich nicht mitreden und kam mir dadurch manchmal asozial vor.

RÜCKFAHRT VON PARIS

All das ging mir durch den Kopf, als ich am 19. Mai mit dem Zug zurück nach Frankfurt fuhr.

Einen Monat später bekam ich einen Brief von einem Schweizer Anwalt. Klopfenden Herzens öffnete ich ihn. Es war der Nachlassverwalter von Hans der mir mitteilte, dass er verstorben sei. Er benötige mehrere Unterschriften und Nachweise, denn ich sei Erbin der Ferienwohnung auf Sylt.
Ich konnte es nicht fassen. Meine einzige feste Größe in meinem Leben – tot? Es dauerte lange bis ich die Gewissheit annahm.

Ich verkaufte die Wohnung. Ohne Hans war Sylt für mich unerträglich. Stattdessen kaufte ich ein Ferien-Appartement in Eckernförde, einem wunderschönen kleinen Ort an der Ostsee.

Hinnerk hatte dort vor einiger Zeit ein kleines Restaurant eröffnet, gleich neben der berühmten Bonbon-Fabrik von Eckernförde. Seine Frau hatte sich vor Jahren von ihm scheiden lassen. Ihr war das ewige lange Alleinsein dann doch zu viel geworden.

Wir hatten uns nie aus den Augen verloren. Hinnerk war ein guter Freund geblieben, von dem man immer eine ehrliche Antwort bekam, auf alle Fragen.

Jetzt fahre ich ab und zu in den Norden und lasse mich von Hinnerk in jeder Hinsicht genüsslich verwöhnen. Wir kämen nie auf den Gedanken, zusammen wohnen zu wollen oder zu heiraten. Wir lieben unsere Freiheit viel zu sehr und sind überzeugt, dass der Genuss und die Freude aufeinander viel größer sind, wenn man sich nur ab und zu sieht, als wenn man ständig zusammen wäre.

Unser Lieblingsspruch ist: Die interessantesten Menschen leben allein. Sie haben die größeren Entfaltungsmöglichkeiten. Dieser Spruch hatte Hans einst furchtbar entsetzt.

Er muss ja auch nicht für Jedermann oder –frau gelten.

EINIGE ZEIT SPÄTER ...

Sie hatte die Geschichte Holger geschickt. Er war davon genauso begeistert wie von ihren früheren Ergüssen.

Auch er hatte inzwischen viel geschrieben. Und so waren sie jetzt häufig in Cafés oder Kulturkneipen zu Gast, um gemeinsam zu lesen. Eine Freundin untermalte das Ganze mit ihren Klangschalen. Die Besucher, Einheimische wie Touristen, liebten diese Darbietung.

Sie war glücklich und zufrieden. Sie hatte endlich wieder eine Aufgabe. „Schließlich ist das, was wir machen, auch eine Form von reisen", sagte sie zu Holger nachdenklich, während sie in einem Restaurant mit Blick auf die Nordsee, den Abend ausklingen ließen. Später fügte sie noch hinzu: „Jetzt verrate ich Dir ein Geheimnis".

„Bin ganz Ohr" erwiderte er schmunzelnd.

„Ich schreibe gar nicht selbst. Meine Geschichten träume ich alle. Brauche sie nur aufzuschreiben. Ist das nicht eine tolle Gabe".

„Ich beneide Dich".

EPILOG

Lieben heißt,
sich mit der Wirklichkeit abzufinden,
ohne illusionslos zu werden.
Lieben heißt,
sich immer wieder neu zu verschenken,
ohne sich ausgenutzt zu fühlen.
Lieben heißt,
sich mit dem Kopf in Lust zu ertränken,
ohne gänzlich unter zu gehen.
Lieben heißt,
sich mit dem ganzen Herzen anzubinden,
ohne eine Schlinge zu verspüren.

Ingrid Metz-Neun
Brav kann ich auch, bringt aber nix
Roman
ISBN: 978-3-945923-20-7
168 Seiten, 10,00 €

Pressestimmen zu
Brav kann ich auch, bringt aber nix:

Über Jahrzehnte beschwor Ingrid Metz-Neun allein mit dem Klang ihrer Stimme erotische Phantasien herauf. Jetzt füttert die 68-Jährige die Bilder im Kopf ihrer Leser. Der freizügige Roman BRAV KANN ICH AUCH, BRINGT ABER NIX, ein Plädoyer für ein Leben in Unabhängigkeit und für ein Beziehungsmodell, das nicht damit endet, dass Paare in Rente gehen und sich nichts mehr zu erzählen haben, sondern weiter ihre Liebe leben, kommt gut an.
Frankfurter Neue Presse

Ingrid Metz-Neun blickt auf ein bewegtes Leben zurück. Jetzt hat die gelernte Schauspielerin und Synchronsprecherin ihren ersten Roman veröffentlicht. Das Buch BRAV KANN ICH AUCH, BRINGT ABER NIX ist eine Mischung aus Fantasie und Erlebtem.
Dithmarsche Landeszeitung

Gartenarbeit, Strandspaziergänge und das Schreiben an der Nordsee – für all das hat Ingrid Metz-Neun endlich Zeit. „In meinem Kopf ist so viel, was raus will – so schnell kann ich gar nicht schreiben", sagt sie. Gerade ist ihr erster Roman erschienen – und ein Hauch Autobiografie steckt in BRAV KANN ICH AUCH, BRINGT ABER NIX.
Straßenbahn Magazin

Ingrid Metz-Neun
Wenn der Verstand Pause macht, höre auf dein Herz
Lebens- und Liebesgeschichten
ISBN: 978-3-748167-19-8
171 Seiten, 10,00 €

Inhalt:

Wenn der Verstand Pause macht, höre auf dein Herz

Immer wieder passieren Dinge im Leben und kommt es zu Begegnungen die einen zwingen, eine Entscheidung zu treffen. Gut, wenn man dann eine starke innere Stimme hat und auf sie hört. Aber besonders in jungen Jahren ist man gern unvernünftig und macht genau das nicht.
Dieses Buch erzählt davon in lustigen, traurigen, verrückten Lebens- und natürlich auch Liebes-Geschichten.

Ingrid Metz-Neun
Schreiben ist wie leben – nur schöner
Roman
ISBN: 978-3-749429950
164 Seiten, 10,00 €

Pressestimmen zu
Schreiben ist wie leben – nur schöner

Beim Lesen dieses schönen Buches wird einem schnell bewusst das jeder Einzelne von uns vergänglich ist. Was bleibt von uns? Vielleicht sollten wir alle, für uns wichtige Momente und Erinnerungen zu Papier bringen, um unseren Liebsten Trost zu spenden.

Wem es vielleicht nicht bewusst ist, oder wer es durch Beruf und Hektik vergessen hat, wird an die kleinen wichtigen Dinge im Leben erinnert.

Diese Gedichte und Geschichten lassen einen Blick auf die Seele der Mutter zu, mit Zweifeln, Stärken und Sehnsüchten... Wer war meine Mutter wirklich? Diese Frage stellt sich Patrick, als er diese Sammlung findet... und voller Spannung und Neugier liest. Diese Frage mag sich so mancher stellen, wenn die Eltern verstorben sind, nur haben viele nicht das Glück, Erinnerungen in schriftlicher Form und dadurch Antworten zu finden ...